Garzon 10
e outras histórias

*Maria Christina
Lins do Rego Veras*

Garzon 10
e outras histórias

JOSÉ OLYMPIO
EDITORA
Rio de Janeiro, 2012

© *Maria Christina Lins do Rego Veras*

Reservam-se os direitos desta edição à
EDITORA JOSÉ OLYMPIO LTDA.
Rua Argentina, 171 – 3º andar – São Cristóvão
20921-380 – Rio de Janeiro, RJ – República Federativa do Brasil
Tel.: (21) 2585-2060
Printed in Brazil / Impresso no Brasil

Atendimento e venda direta ao leitor
mdireto@record.com.br
Tel.: (21) 2585-2060

ISBN 978-85-03-01184-6

Ilustração de capa: MYOUNG YOUN LEE
Foto: PAULA JOHAS/ED. JOSÉ OLYMPIO
Diagramação: EDITORIARTE

Texto revisado segundo o novo Acordo Ortográfico da Língua Portuguesa.

CIP-BRASIL. CATALOGAÇÃO NA FONTE
SINDICATO NACIONAL DOS EDITORES DE LIVROS, RJ

V584 Veras, Maria Christina Lins do Rego
    Garzon 10 e outras histórias / Maria Christina Lins
  do Rego Veras – Rio de Janeiro : José Olympio, 2012.

    ISBN 978-85-03-01184-6

    1. Conto brasileiro. I. Título.

12-7479   CDD: 869.93
                CDU: 821.134.3(81)-3

Dedico meu livro ao grande professor Ivan Cavalcanti Proença, que me fez acreditar que um dia me tornaria uma escritora.

E ao querido Leopoldo Teixeira Leite, amigo de toda a vida, que me incentivou a escrever meu primeiro livro.

Aos meus amigos, que pacientemente escutaram as minhas ideias.

Sumário

GARZON 10   9
    As meninas Pereira   11
    Mais lembranças do Garzon   16
    Eram duas meninas   21
    Alagoas   24
    Memória   31
    Outras memórias   37
    As Pastorinhas   42
    Festa da Betinha   46
    Almoço de domingo   50
    Aquele vento me destruiu   55

ELES   57
    Silvério   59
    Ricardo   79
    O degredado   93
    Castro, o descrente   102
    Renato Corso   106
    Mário   109

Sobre a autora   115

GARZON 10

As meninas Pereira

Quando passo pelas casas geminadas na rua Jardim Botânico, lembro-me de uma família muito amiga de minha mãe. Era uma glória para a menina quando a mãe a levava para visitar a família Pereira. Ainda morávamos na Alfredo Chaves, e só tínhamos de descer uma pequena ladeira e pegar um táxi — minha mãe só andava de táxi. Quando meu avô, senador Massa, morava no Rio, foi vizinho da família Pereira, que, nessa época, residia perto da rua da Passagem; tudo isso foi contado por minha mãe, que tinha muito orgulho daquela amizade tão antiga.

Quando chegava à casa dos Pereira, pedia a Sonia que me levasse à sala de visitas para ver o passarinho que cantava dentro de uma belíssima gaiola dourada ornada com uma guirlanda de flores. Uma verdadeira obra de arte. Anos mais tarde, vi uma gaiola parecida num antiquário em Florença, e cheguei a pensar em comprá-la, mas nada tinha a ver com a gaiola dos Pereira. Preferi guardar na lembrança a gaiola dos sonhos da menina. Tudo indicava que a caixa de música ficava embaixo, bem escondida. Sonia, uma das filhas de seu Pereira, gostava de crianças e sempre me levava com prazer para ver o passarinho cantar. Dava corda, e o passarinho, com penas naturais, parecia de verdade: saltava, pulava, trinava canções das mais variadas. Um esplendor para a menina, mas logo ouvia a voz de minha mãe pedindo que não abusasse da boa vontade de Sonia.

Na casa dos Pereira, sempre tinha bolo e comidas diferentes. Sonia gostava de preparar uns lanches deliciosos para o noivo, que aparecia todas as noites. Meu pai detestava essas comidas do Rio e, principalmente, da casa dos Pereira: salada russa com maionese ou tudo que levasse maionese, tinha horror a gelatina, por exemplo, e na casa dos Pereira quase tudo levava gelatina. Eu gostava. Sonia preparava gelatinas gigantes, de cores chamativas, em formas das mais variadas. Era prendadíssima, mas não trabalhava fora de casa. Aliás, ninguém trabalhava naquela família. A não ser seu Pereira e a velha Celina, sua cunhada, que morava com eles. Uma exímia costureira. Quando casei, ela foi responsável pelo meu enxoval, e pelo famoso robe de veludo vermelho, um dos meus desejos, reminiscências dos filmes a que a babá me levava para assistir. Lembranças vagas, sonhos da menina.

As mulheres da família Pereira reuniam-se sempre no quarto dos pais. De robe, deitadas na cama, papelotes nos cabelos, creme no rosto, preparavam-se para os programas que iriam fazer à noite. Passavam o tempo todo falando da vida alheia. Naquela época, não existia coluna social, mas elas sabiam tudo o que se passava, por intermédio do salão de costura da tia.

Depois de ver o passarinho e comer as gulodices na cozinha, me mandava para o quarto das meninas. Ia me enroscando nos pés de Sonia para ouvir as histórias que nem eram para a minha idade. As freguesas de Celina adoravam contar seus problemas e principalmente os das amigas, um verdadeiro confessionário de fuxicos. A ajudante de Celina, sua irmã, também trabalhava de rolinhos na cabeça, e para agradar às sobrinhas contava todas as fofocas. A família era enorme, só fazia crescer. Os filhos, quando casavam, continuavam morando com os pais, e, assim, todos viviam sob a asa do velho patriarca, que trabalhava como um mouro para sustentar toda aquela gente. Quando ganhava um bom dinheiro, presenteava as filhas que se esbaldavam nas lojas, comprando vestidos na Imperial Modas, sapatos e bijuterias na Casa Sloper. Quem as visse ali deitadas de robe, papelotes, creme no rosto, não as imaginaria nunca, prontas, maquiadas e bem-vestidas. Ficavam lindas.

Mamãe chegava de surpresa. Aparecíamos depois do almoço e encontrávamos o mulherio, para variar, de papelotes nos cabelos. Eram vaidosas as meninas Pereira. Viviam num mundo cheio de fantasias. Minha mãe achava uma graça enorme nas meninas Pereira, como as chamava. Ela tinha um carinho especial por aquela família e uma confiança imensa na velha Celina, para ela um verdadeiro guru, médium, dona de um pequeno oratório que ficava ao lado do seu salão de costura.

Quando lhe pedia um conselho, ela ia de lápis e papel para perto do oratório, sentava-se ao lado e psicografava as respostas às perguntas ditadas por um espírito superior. Minha mãe acreditava piamente em tudo que a velha Celina lhe dissesse.

Minha mãe passava por momentos difíceis, depois da mudança que fizera com meu pai de Alagoas para o Rio. Os hábitos de ambos haviam mudado completamente. Deixaram de ir ao clube jogar tênis todos os dias, almoçar juntos, jogar pôquer (a família de minha mãe adorava umas cartinhas), hospedar os amigos que chegavam do Recife — a casa, antes, estava sempre cheia de intelectuais e amigos dos mais variados grupos. Meus pais gostavam de dançar, gostavam da vida, se amavam, essa era a verdade. Agora, o dia a dia de minha mãe havia mudado totalmente. Meu pai, escritor conhecido, cheio de compromissos, saía cedo para a cidade a fim de entregar os artigos nos jornais. Em seguida, ia almoçar na Colombo com os fanáticos do Dragão Negro que torciam pelo Flamengo. Depois de muito zanzar pela cidade, passava pela livraria José Olympio para fazer seus contatos, pegar recados com Marieta, que tomava conta do caixa, conversar com o Castilho, magro, alto, o melhor vendedor da livraria, bater papo com o velho Graça, como ele chamava Graciliano Ramos, com João Condé, uma das poucas pessoas que conseguia decifrar a letra de meu pai, e, principalmente, com os fãs, que iam pedir-lhe autógrafo. Não deixava de visitar todos os dias seu grande amigo e editor José Olympio no seu escritório, onde encontraria durante anos o mesmo grupo de intelectuais: Lúcia, Tarquínio, Santa Rosa, substituído depois de sua morte pelo grande Luís Jardim, íntimo lá de casa. Ele só voltava na hora do jantar. Minha mãe sofria muito com esse vazio, tinha muito ciúme do meu pai e, quando já não podia mais de aflição, procurava a família Pereira, conhecidos de longa data, amigos de seus pais. Sentia-se num porto seguro naquela casa.

Graças a Deus, quando me dei conta, o carro já embicava para o Flamengo. Não gosto de recordar esses momentos de minha infância. Lembrar das angústias de minha mãe me faz mal. Muito mal.

Mais lembranças do Garzon

Sinhá Maria, nossa cozinheira, morava perto lá de casa, na famosa favela da Praia do Pinto. Quem diria que há tempos uma favela podia ser calma, honesta, pobre, muito pobre, com casebres usando madeira de caixote, papelão; gente que ia e voltava do trabalho, operários que trabalhavam na fábrica que ficava bem ao lado do Jardim Botânico, na famosa rua Pacheco Leão. Talvez fosse uma fábrica de tecidos, não me lembro, sei que tinha apito, tocava duas, três vezes ao dia. Quando iam para o trabalho, os operários passavam em frente à nossa casa; se por acaso encontrassem alguém, nunca deixavam de cumprimentar, davam bom dia e diziam o nome completo de todos que estivessem na porta: bom dia, dona Naná, dr. Lins, os nossos nomes e das empregadas. Todos sabiam que sinhá Maria trabalhava na nossa casa.

Tudo isso foi um dia.

Pelas manhãs também passavam os tratadores com seus cavalos, todos com suas mantas coloridas e muito bem alimentados: ração, aveia, alfafa, e brilhavam de tão bem escovados. Os tratadores só os montavam quando os levavam para caminhar nas areias da praia do Leblon. Cavalo naquela época passeava na praia. Nunca ouvi nenhum comentário dos moradores da favela contra os cavalos, ao contrário, era um orgulho ter vizinhos tão importantes que até geravam trabalho.

A porta da nossa casa nunca tinha sido trancada, e a chave ficava guardada na gaveta da cômoda do bufê, na sala de jantar. Entrávamos sempre pela porta dos fundos, perto da cozinha. O nosso portão era baixinho, a cor da casa só mudava quando minha mãe mandava pintar. Já tinha sido branca com janelas azuis, rosa com janelas verdes. Sempre gostei mais da casa branca de janelas azuis. Ficava linda. Era mais a nossa cara.

Minha mãe não tinha um relógio que pudesse deixar na cozinha. Enquanto não comprava um, pendurava num cantinho o relógio Patek de bolso do meu pai, com corrente de ouro, herança do seu avô, que sempre marcava as horas certas. Não podia dar outra coisa. Um dia, ninguém encontrou o relógio. Quando ela foi dar corda, o relógio havia sumido. Como? Só o filho de sinhá Maria tinha estado por lá. Todos sabiam das suas malandragens, mas nunca havia sumido nada lá de casa. A pobre senhora estava nervosíssima, seu filho era malandro, ela não sabia como contar a verdade. Tudo indicava que só podia ser ele. Minha família não deu parte à polícia. Mas meu pai já tinha sido chamado outras vezes para tirar Bill da cadeia. A velhinha, sem suportar sua aflição, resolveu contar a verdade para meu pai: tinha sido Noel, marido de Benedita, que trabalhava lá em casa como costureira. Ele já tinha até vendido o relógio. Meus pais, atônitos, resolveram não fazer nada, aquelas mulheres eram muito boas, gente honesta, não tinham culpa, coitadas. A verdade foi que não tiveram coragem de ir atrás do homem que havia comprado o relógio, quem sabe poderiam ter oferecido mais dinheiro e o relógio teria voltado para nossa casa.

A vida foi passando, as filhas casadas, meu pai morreu. Só minha mãe ficou morando no Garzon. Muito tempo depois minha mãe mandou fazer outro portão.

Finalmente, dom Hélder removeu a favela da Praia do Pinto, e depois de um incêndio proposital não restou mais um barraco na favela.

A fábrica ainda continuou funcionando, mas por pouco tempo. Logo fecharam as portas.

O Garzon foi se adaptando à nova realidade não tão segura: além do portão, ganhou grades. Continuávamos com a mesma rotina, entrando pelo lado da cozinha, outras empregadas foram chegando do Norte, outros cachorros se aboletaram lá por casa, os netos também chegaram, os meus filhos vindos de Nova York foram morar com minha mãe.

As coisas tinham mudado, os vizinhos que passavam em frente de casa já não eram os mesmos, ninguém nos cumprimentava, os cavalos já não desfilavam tão elegantes e foram proibidos de andar na praia.

Finalmente chegou o dia que ninguém gostaria que tivesse existido: o Garzon foi assaltado.

A notícia chegou até a sair na televisão: "Entraram na casa da viúva do escritor José Lins do Rego. Dois homens vestidos de lixeiro entraram na casa de manhã, amarraram dona Naná e sua neta."

Depois soubemos dos detalhes por minha mãe. Ela contou que chorava e dizia que era muito doente, que na sua casa só tinha livros, deu algum dinheiro para os ladrões, que se mandaram decepcionados com o arrecadado. Minha mãe, esperta, pediu que não amarrassem com força suas mãos. Saíram como entraram, e nunca soubemos se eles eram lixeiros de verdade. Foi um deus nos acuda, estávamos no Rio, corremos para o Garzon. Uma felicidade ver todos com vida. Mas o susto abalara minha mãe, que gostava de se mostrar forte, com muita presença de espírito, como dizia. E houve uma segunda vez. Minha mãe, já mais fragilizada, não quis ir almoçar no Piraquê no dia das mães com minha irmã Glorinha, que morava com ela, e a família. Nesse dia, preferiu ficar deitada, estava com muito frio.

Um assaltante pulou a janela do segundo andar vindo do clube de regatas que ficava ao lado de nossa casa. Quando ela se deu conta, ele já estava ao lado de sua cama arrancando o fio do telefone para estrangulá-la. Por sorte do destino, meu filho e Glorinha voltavam do almoço e, quando ouviram o barulho, gritaram ainda do lado de fora. O ladrão, com medo, fugiu, voltando pelo mesmo caminho. Essa era a única janela sem grade.

— Meu Deus — gritava minha mãe. — Deus está sempre presente em minha vida.

No dia seguinte o Garzon ficou todo gradeado. Outras medidas de segurança foram adotadas. E os bons tempos ficaram na história.

Eram duas meninas

Ainda bem pequenas, foram morar em Maceió com os pais. Chegaram com uma babá que se chamava Damiana, uma espécie de pajem, como se dizia antigamente. Damiana era uma índia do interior da Paraíba. Sua avó a entregara sem discutir à mãe das meninas.

— Tome conta de minha neta que vai servir-lhe muito bem. A senhora está grávida e vai precisar de alguém para tomar conta da criança.

Assim surgiu Damiana, que era tão ingênua que, quando ganhou um par de tamancos, saiu andando, aos pulos, com eles amarrados. Tornou-se uma pessoa importantíssima na vida dessas meninas. Moravam numa casa bonita em frente ao mar e passeavam, brincavam, passavam os dias e as tardes à volta com as brincadeiras na companhia de Damiana. A babá, muito jovem, adorava levar as meninas para brincar na praia. Faziam o que queriam de Damiana, que, por ser quase uma garota, não tinha nenhuma autoridade sobre elas. Cresceram por ali, fazendo camaradagem com os filhos dos amigos dos pais.

Maceió, naquela época, era equivalente a uma pequena cidade do interior, embora não fosse atrasada intelectualmente. Grandes nomes da literatura que nasceram em outros estados passaram parte de suas vidas em Maceió e, por isso, acabaram grandes amigos. O pai das meninas chamava-se José Lins do Rego, era grande amigo de Graciliano Ramos, Jorge de Lima, Valdemar Cavalcanti, Aurélio Buarque de Holanda, o jovem Lêdo Ivo já despertando para as letras, Rachel de Queiroz, Manuel Diegues, pai do cineasta Cacá Diegues, e Aloísio Branco, jovem poeta morto precocemente, antes dos 23 anos, levando consigo todo aquele talento. Os amigos nunca deixaram de lamentar sua morte.

As meninas cresciam e Damiana — Nanana, como elas a chamavam — estava sempre por perto, inventando histórias com as outras babás para as crianças se divertirem. Maceió vibrava com a chegada da festa das Pastorinhas. A garotada e seus empregados passavam meses ensaiando os cantos dos cordões Vermelho e Azul.

Como gostaria de saber mais coisas para deixar registrada a passagem tão feliz de minha família em Alagoas. Às vezes me vêm à memória trechos de comentários feitos anos mais tarde pelas minhas irmãs. Eu era muito pequena e não tenho nenhuma lembrança dessa época.

Os amigos de meu pai eram muito animados. Frequentavam assiduamente um clube de tênis onde praticavam seu esporte favorito. Meu pai conservou por toda vida seu estilo borboleta. Anos mais tarde, morando no Garzon, tornou-se meu parceiro inesquecível e dos meus amigos do clube Piraquê.

Voltando a Alagoas, os amigos intelectuais gostavam de dançar e jogar boas partidas de pôquer. Meu pai acordava muito cedo e com Valdemar Cavalcanti passeava pelas manhãs à beira-mar lendo trechos que ele acabara de escrever. Ao chegar a Maceió, o jovem José Lins usava lorgnon e costeletas bem acentuadas. Os amigos criticavam sua maneira de se vestir, mas não deixavam de ler seus artigos publicados todos os domingos, que nada combinavam com o seu modo de se arrumar. Também não passavam sem um carteado. Para as famílias tradicionais e retrógradas de Alagoas, o comportamento desses novos intelectuais que se achavam livres de fazer o que bem entendessem fugia aos padrões normais da sociedade alagoana. Meu pai trabalhava como inspetor de banco, mas nunca foi um funcionário exemplar. Seu ritmo de trabalho permaneceu o mesmo por toda a vida. Acordar muito cedo e escrever os artigos publicados em cinco jornais.

Alagoas

Meu pai tinha 32 anos quando eu nasci. Era jovem, bonito, e o seu talento para as letras, soube depois, transbordava. Escrevia *Doidinho* quando minha mãe entrou em trabalho de parto e nasceu mais uma menina, Maria Christina.

Minhas irmãs foram levadas para passear de bonde com Diná, prima de papai. Imagina os ciúmes quando voltaram e encontraram mais uma menina, que tomaria o lugar de honra da casa.

Meus pais foram felicíssimos em Alagoas. Antes de morrer no hospital do IPASE, meu pai disse que os anos em que viveu em Alagoas haviam sido os mais felizes de sua vida. Voltei a Alagoas num cruzeiro. Foi emocionante voltar à terra onde nasci. Pedi ao motorista de táxi que me levasse à avenida da Paz, porque queria conhecer o famoso sobrado sobre o qual Glorinha me contava tantas histórias que, junto com as de Maricota, usei para reconstruir o mundo dos meus pais: a rua em que viveram, a avenida da Paz, a praia que frequentavam, Pajuçara, o clube de tênis, o café onde meu pai e os amigos intelectuais se encontravam, certamente com Graciliano, figura obrigatória, todos vestindo paletó e gravata, ternos imaculadamente brancos. Mas retornavam para casa com os ternos amarfanhados.

Procuro um banco para sentar e imaginar um pouco da vida dos meus pais quando jovens naquela cidade. O barulho é imenso na avenida da Paz, agora são ônibus, carros e táxis cheios de turistas. Quando me lembro das histórias de Glorinha, que com Betinha pegavam um bonde defronte à nossa casa, sempre com o mesmo motorneiro, o Mansinho, namorado de sinhá Maria, nossa cozinheira, chego a não acreditar. Ia até ao Farol onde ficava o colégio das meninas. Impossível imaginar que minhas irmãs tão pequenas tomassem o bonde sozinhas para ir ao colégio. Sabia que tinham uma babá indígena, chamada Damiana, que minha mãe havia adotado antes de Betinha nascer. Deviam ter uma 8, e a outra, 9 anos quando nasci. Betinha gostava de dizer que andavam sozinhas por toda Maceió, chegou a contar que um dia levou minha irmã Glorinha ao médico para tomar uma injeção. O médico era ninguém menos que o poeta Jorge de Lima (que fazia parte do círculo íntimo da família Lins do Rego). Betinha dizia que Glorinha tremia de medo, e ela, menina forte, dava-lhe todo apoio. Será possível? Onde estariam meus pais?

O famoso cinema que elas iam com Damiana quase todos os dias. As revistas *Cena Muda*, que iam buscar na casa de minha madrinha, Alaíde, mãe de Maria Tereza, que teve como professor particular Aurélio Buarque de Holanda. Tudo isso me impressiona. Por onde andará Maria Tereza, que terá a idade de minha irmã Betinha? Toda essa gente sumiu da nossa vida. Logo que chegamos ao Rio, o grupo de papai acabou vindo também. Papai, escrevendo para os amigos intelectuais, conseguiu que quase todos viessem para o Rio.

Era bacana meu pai.

Procuro e não encontro o famoso rio Salgadinho, que Betinha dizia passar atrás de nossa casa, nem a casa de Nete Lamenha, que ficava também na avenida da Paz, bem próxima da nossa. Todos os dias as meninas levavam suas bruxas para o colégio, que ficava no antigo viveiro da mãe de Nete, para brincar. As melhores casas e sobrados localizavam-se na avenida da Paz. Hoje, é uma avenida de movimento, sem muita personalidade. Betinha, apesar de detestar sua infância em Alagoas, só me conta passagens deliciosas, que toda criança gostaria de ter vivido.

Meu primo Vinicius, um rapazinho quando veio passar uma curta temporada de férias com meus pais, quis passear de barco no famoso rio Salgadinho e, então, vendeu escondido o smoking de meu pai para comprar um barco, e o batizou com o nome de Betinha. Foi uma festa entre a garotada! Meu pai achou tanta graça na traquinagem de Vinicius que acabou perdoando o menino. Vinicius era filho de uma irmã de minha mãe, que havia se desquitado na Paraíba. Naquela época foi um escândalo. A razão foi que estava sendo traída pelo marido.

Lembrar agora dessa história não faz sentido.

Quero voltar ao rio Salgadinho, que ficava atrás de nossa casa e que servia de fundo para as peças de teatro de Betinha e Nete Lamenha. Lembro de uma música que Glorinha cantava:

> *Hoje eu li*
> *Um anúncio no jornal,*
> *Anúncio muito interessante.*
> *Um rapaz alegre e jovial*
> *Procura uma mulher constante.*
> *Lola, Lola,*
> *Queres ser a minha namorada?*

Glorinha não recorda o resto da cantoria, mas diz que Betinha fazia o papel do rapaz na peça, e Nete, a Lola. Eram umas crianças, e já criavam peças teatrais e cobravam ingresso para o teatro. Não só criavam as peças, como na época de Reis representavam as Pastorinhas com um grupo muito maior. O Cordão Vermelho e o Cordão Azul. Conto essa história em "As Pastorinhas".

O tempo foi passando, meus amigos chegam das compras e não consegui descobrir onde ficava a nossa casa, nem o rio Salgadinho e o colégio em que minhas irmãs estudaram internas depois que nasci. Só pode ter sido esta a razão que deixou Betinha tão traumatizada. Foram para o colégio da irmã de Graciliano. Segundo as meninas, ficava quase ao lado de nossa casa. Quantas histórias escutei, sentindo-me culpada por terem ido para o colégio interno. Por que meus pais fizeram isso? Afinal, tinham três empregadas. Quem sabe se não foi para moldar o temperamento de Betinha, que era muito rebelde? Fugia do colégio que ficava no Farol, aparecia sempre na hora do almoço, levava umas boas palmadas e era obrigada a voltar para os estudos.

Glorinha, frágil, despertava paixões em Roberto, cujo pai era padrasto de Paulo Gracindo (que se chamava Pelópidas na vida real). Até hoje ela conta que Roberto a presenteou com uma aliança de ouro. Silvério, outro amigo intelectual de papai, sentia ternura por Glorinha. Quando esteve muito doente, pediu a meu pai que a levasse à sua casa, queria muito se despedir da menininha frágil que ele adorava.

Olho para a calçada da avenida da Paz e posso ver meu pai acompanhado de Valdemar Cavalcanti lendo os últimos capítulos do seu livro. Papai tinha por hábito ler seus escritos para Valdemar, que depois passava tudo a limpo para ele. Conheci muito Valdemar e Gerusa. Lembro bem de Gerusa, já morando no Rio de Janeiro. Eles costumavam frequentar nossa casa no Garzon.

Em que local ficaria o café onde se encontrava com Graciliano e Aloísio Branco?

Tantos amigos intelectuais moravam nessa época em Alagoas! Rachel de Queiroz perdeu a filhinha em Alagoas; Glorinha lembra que passava pela porta de sua casa. Eu, ali sentada, querendo reviver aquela época. Jorge de Lima e a "Nega Fulô". Dizem que meu pai influenciou muito seu estilo, que se tornou mais modernista. Jorge foi meu médico no Rio, lembro que ele gostava de assobiar bem baixinho.

As meninas contam que ficavam sentadas até tarde da noite nas escadas lá de casa, admirando a alegria dos nossos pais, que se divertiam com as festas que costumavam dar. Eles gostavam de dançar e de dar boas gargalhadas. Dona Baby, avó de Cacá e mãe de Zaíra, casada com o grande Manuel Diegues, ficava horrorizada com o modernismo das moças, porque eram avançadas demais para a cidade, que na época era uma pequena província, apesar de habitada pelos maiores intelectuais do Brasil.

Adélia, irmã querida de minha mãe, morou na mesma época em Alagoas, e, com dona Maria Julia, fazia parte de um grupo de carolas. Quando se mudou para o Rio de Janeiro, tive o prazer de conviver com essa tia tão dócil, uma pessoa tão boa, tão alegre, sempre presente com os filhos nos nossos almoços de domingo no Garzon.

Não sei se outros amigos intelectuais frequentavam esse grupo. Os Fiães, pais de Guga e Maria Angélica, amigos de minhas irmãs, trabalhavam para gente muito rica, donos de fazendas de cacau na Bahia, e faziam parte do grupo que gostava de gozar a vida. Jogavam tênis no clube inglês e, quando não jogavam tênis, jogavam cartas.

O pôquer acabou levando todo o dinheiro de Olívio Montenegro, que fora a Alagoas com Cícero Dias para o meu batizado. Os dois passaram uma boa temporada em Alagoas. Cícero adorava contar essas histórias e o fazia com muita graça, próprio do seu estilo de vida. Quando aparecia, vindo de Paris, lá no Garzon, fazia sucesso contando suas lembranças de Alagoas e outras histórias divertidas. Tudo era motivo de brincadeira para ele. Como eu adorava aquelas reuniões lá do Garzon, que deviam lembrar a avenida da Paz. Tão diferentes das minhas futuras reuniões em Washington...

Quero voltar a Alagoas. Voltar com lápis e papel, tomando nota de tudo, e tratando de encontrar algum sobrevivente que tenha conhecido esse grupo excepcional.

Viajei muito, mas nunca vi um mar mais azul, mais transparente que o mar de Maceió. Ficaria horas olhando para aquele mar, imaginando a vida de minha família que morou dez anos naquela cidade. Mas o tempo passou rápido e tive de voltar para o navio.

Meu pai jovem, bem jovem, acordando com as estrelas, atravessando a rua e admirando aquele mar tão azul, tão transparente. Às vezes não resistia, entrava no mar, molhava o rosto, os cabelos e voltava para casa iluminado, cheio de ideias, pronto para sentar e continuar seu romance. Sinhá Maria já havia preparado seu café da manhã à moda do engenho. Gostava de privacidade para escrever, exigia silêncio absoluto, só mais tarde é que chamaria Valdemar Cavalcanti para ler os seus escritos. Era assim que via meu pai, bem vivo, bem jovem, passeando com Valdemar pelas calçadas da avenida da Paz.

Memória

Às vezes me vem à lembrança a menina Maria Christina — pequena, traquinas, cheia de problemas. Não sei se gostaria de voltar a ser a menina Maria Christina, tenho minhas dúvidas. Lembro-me do dia de sua primeira comunhão, ela toda de branco, o vestido veio do Norte bordado por Ivety, prima de seu pai. Não tirou o véu da cabeça até a hora de ir para a cama. Estava se achando linda, pura, tinha confessado e comungado. Quando se lembrava que ficara livre para sempre daquele pecado mortal, nem ousava recordar. Tinha beijado Arthur, irmão de sua melhor amiga, e fora ela quem lhe pedira o beijo — queria beijar como se fazia nos filmes que via com Maricota, aquelas mulheres beijavam apaixonadamente seus namorados, e era tudo tão bonito. O pobre Arthur tivera um choque, apesar de ser mais velho que ela dois anos, seus pais nunca haviam levado Denise e Arthur para ver filmes de gente grande. A menina sentiu que fizera algo de muito errado e guardou isso na sua consciência, e só se livrou desse pesadelo que a atormentava no dia de sua primeira confissão. Agora, podia passear pela casa longe do inferno, livre de qualquer tormento, seria pura para o resto da vida. O único programa que lhe arranjaram no dia de sua primeira comunhão foi levá-la ao fotógrafo em Copacabana, que ficava próximo ao cinema Roxy. Pediram que fizesse uma carinha angelical, o que ela soube fazer muito bem. Depois de tudo bem documentado, esqueceram de organizar uma festinha para ela. Sua vizinha, dona Bibina, não deixaria passar em branco aquele dia inesquecível, e quando ela apareceu em sua casa para mostrar o vestido, encontrou um bolo e um lanche maravilhoso à sua espera.

Maricota a havia presenteado de manhã com seis pintinhos brancos da raça legorne, e os colocara dentro de uma caixa de sapatos cheia de algodão. A menina ficou radiante com os pintinhos. Recebeu conselhos de não pegar neles, pois poderiam morrer. Ficaram guardados por muito tempo no quarto de sinhá Maria, que ficava bem perto da cozinha. A menina pedia o tempo inteiro para ver os pintinhos que piavam enlouquecidos. A essa altura da vida, já era dona de um aquário com peixes vermelhos que fora comprado também pela babá na rua do Ouvidor, uma tartaruga adquirida na mesma loja e de uma cadelinha vira-lata. Os pintos ficaram vivinhos por muitos e muitos anos, a tartaruga morava embaixo da cama da empregada, só aparecendo para comer, o aquário acabou se quebrando, a vira-lata, que se chamava Kiss e era uma sem-vergonha, anos mais tarde foi substituída por seu filhote. Sempre que fugia, voltava grávida e logo vários vira-latinhas apareciam no Garzon. A menina adorava brincar com os cachorrinhos, mas, quando cresciam, Maricota era obrigada a dar de presente os bichinhos na ausência da menina. Quando ela chegava do colégio e não os encontrava, chorava compulsivamente, mas logo Kiss, muito sapeca, tratava de arranjar outra ninhada. Os pintos cresceram tanto que começaram a incomodar o sono dos moradores do Garzon. O galo tornou-se quase um gigante, e, um dia, perguntaram a Maricota se não o emprestaria para uma rinha. Tinham certeza de que o galo sairia vencedor. O coitado não só perdeu a luta, como chegou todo depenado, quase sem um olho. Felizmente, recuperou-se rapidinho, e nunca mais ninguém ousou emprestar o galo da menina. Com a ameaça de colocarem os galináceos na panela, Maricota, que estava por dentro das coisas, quase enlouqueceu. Foram pedir ajuda ao pai de Denise, que tinha um galinheiro enorme atrás de sua casa, num terreno baldio. Seu Américo concordou, com a condição de levarem a ração das galinhas. Assim, resolvido o problema, não só os bichinhos foram salvos das panelas como também o sono do pessoal do Garzon. O galo, depois da derrota, resolveu cantar ainda com mais força, e seus cocoricós ecoaram por muito tempo no quintal. Sempre que Maricota levava a ração ao galinheiro, examinava se os bichos cresciam saudáveis. Infelizmente, as redondezas do Garzon se vaporizavam, e o terreno do galinheiro que ficava atrás da casa do pai de Denise foi vendido. Voltaram à estaca zero. Depois de implorar à mãe, conseguiram trazer as galinhas de volta ao Garzon. Foi preciso construir um pequeno galinheiro no quintal lá da casa.

A menina crescera e já não dava tanta atenção aos seus bichos. A tartaruga sumira, Kiss fora substituída por um filhote, e as galinhas, gordas, velhotas, acabaram mesmo no fundo das panelas. A menina crescia, descobria novos interesses, começou a frequentar o Clube Naval, que acabara de ser construído bem ali, pertinho do Garzon, e o clube acabou se chamando Piraquê. Além de oficiais da Marinha, a diretoria só aceitou mais 50 sócios. Foi uma maravilha para os vizinhos, virou o quintal da garotada. A menina, pouco a pouco, foi fazendo amizades. Tornou-se íntima de Denise e Arthur, e passou a frequentar a casa deles, a mais bonita do bairro, que ficava no centro de um terreno cheio de acácias, mangueiras, árvores frutíferas e um dos mais bonitos orquidários que a menina conheceu. O pai de Denise adorava plantas, era muito amigo do diretor do Jardim Botânico, um personagem interessantíssimo, filho do grande Arthur Azevedo. Para a menina, que achava que um grande escritor era só o seu pai, não deu na época a devida importância ao fato de ser amiga da neta de Arthur Azevedo. Tudo era diferente naquela casa, a começar pelo tamanho e pela falta de empregados. Tudo era imenso, havia três grandes quartos para empregados no jardim, na garagem onde guardavam um autêntico Ford bigode, que só saía dali raramente. Havia também uma mesa de marceneiro, com todos os apetrechos na parede, tudo organizadíssimo, serras e serrotes de todos os tamanhos. O senhor Américo tinha vários *hobbies* e mantinha tudo superorganizado. A mãe de Denise era linda, já bem surda, adorava cozinhar, era uma grande dona de casa.

Apesar da imponente sala de jantar, faziam as refeições na sala de almoço, linda, em estilo provençal. Jantavam cedo e, quase sempre sentadinha no batente da sala, a menina apreciava com admiração aquela família tão diferente da sua. Seu Américo não passava sem um bom vinho à mesa, e ele mesmo trazia o pão à tarde, fresquinho. Aos domingos, abria os salões e recebia amigos importantes, a menina cansou de ver o Álvarus e outros artistas e intelectuais diferentes dos amigos de seu pai. Seu Américo recebia sempre de bermudas, sandálias tipo franciscanas, com um charuto, era seu estilo. Nunca tinha visto ninguém usando bermudas cáqui, só ele, mas até que ele demonstrava um bocado de estilo e elegância naquela época. Era um homem diferente. Aproveitava a vida em sua plenitude, na sua casa, com as suas plantas raras.

A casa de Denise, para a menina, era um verdadeiro paraíso. Nas férias, a distração da menina e dos vizinhos era jogar bola de gude em sua casa. Encontravam os buracos já prontos embaixo das mangueiras, e a menina chegava com a sua coleção de bolinhas de gude, cada uma mais linda que a outra. Era só pedir, que Maricota as comprava na Casa Mattos. Outra brincadeira era pular amarelinha: guardavam como um tesouro as pedrinhas boas de jogar, mas, na realidade, o certo mesmo era jogar com casca de banana. Foi uma época deliciosa que passou muito rápido.

Logo surgiu o clube Piraquê, que atraía com as quadras de tênis, volei, piscina e mil e uma novidades. Maricota perdera de vez a companhia da menina para os cinemas. Suas distrações se multiplicavam, e foi assim que conheceu seu primeiro namorado. Sem dúvida foi uma menina precoce, talvez os filmes proibidos para menores, que Maricota a levara para ver, a tenham influenciado. Pedro era um rapazinho muito lindo, e foi o seu primeiro amor. Ela o achava a cara do ator americano Montgomery Clift. Namoraram durante anos, e, quando cresceram, passaram a levar Maricota novamente ao cinema. A menina cresceu, o rapazinho tinha de estudar com mais afinco para passar de ano, e acabaram se separando. É a pura verdade quando dizem que o primeiro amor nunca se esquece. Quando ela soube pela sua filha do falecimento de Pedro, ficou muito chocada. A vida é cheia de surpresas, sua filha e seu genro são grandes amigos de César e Patrícia, primos em segundo grau de Pedro. E com Pedro sentiu que sua meninice tinha partido também para sempre.

Era como se a menina tivesse morrido, tivesse agora uma vida própria.

Outras memórias

Quando fiz 8 anos meu pai me levou à loja Super Ball, na cidade, para comprar uma boa raquete de tênis, e não resistiu e acabou comprando também para ele uma bonita raquete e um verdadeiro enxoval esportivo. O professor Miller dava aulas de tênis no Piraquê e tornou-se nosso professor. Meu pai fazia sucesso entre os meus amigos. Logo se enturmou com os parceiros de sua idade e passou a jogar à noite. Quem não gostava nada disso era minha mãe.

    O Garzon continuava a pleno vapor. Preparava-se o casamento de Betinha. Eu me enturmara com as amizades da minha irmã Glorinha. Meus pais continuavam a receber os amigos e, quando Lúcia e Tarquínio apareciam para jantar, minha mãe mandava Maricota comprar na famosa padaria Imperial, na rua Voluntários da Pátria, os ingredientes mais frescos, o creme de leite, os pãezinhos e o presunto que fariam parte de seu menu. O livro de dona Benta, já bem usado e cheio de anotações, saía da gaveta. Ela gostava de comprar umas papoulas miúdas e delicadas, que ficavam sempre no meio da mesa, e os buquês maiores de rosas e copos-de-leite enfeitavam a sala. Minha mãe era uma paraibana sofisticada: gostava das mesas requintadas e sempre no jantar as toalhas de damasco tinham de estar impecáveis, muito bem passadas e engomadas por Dedé, nossa passadeira. Meu pai era sempre o primeiro a ser servido, o que ela chamava de serviço à inglesa, e fiquei sem saber se na realidade o tal serviço à inglesa era assim mesmo. Mas sendo dito lá em casa era o suficiente para ser verdadeiro.

A menina, então com 16 anos, conheceu seu futuro marido no casamento de sua irmã Betinha. Ele a viu entrando na igreja como dama de honra. — Um mês depois, criou coragem, após um almoço lá em casa, e nos chamou para sair. Eu e Glorinha! Mas tudo isso era só disfarce, pois ele queria mesmo era me namorar. — A menina ganhou de presente dele uma caixa de cristal cheia de marrom glacê, e se emocionou com a lembrança.

Conhecera, por intermédio de sua irmã Glorinha, um grupo muito simpático, mas só podia sair com a permissão da mãe, junto com a irmã. Foi um mundo completamente diferente de rapazes alegres e já formados, que trabalhavam, tinham automóvel. E a menina tornou-se a mola desse grupo. Sua irmã, desanimada, contava com ela para organizar os programas, era o espírito jovem da menina traquinas que ainda não se perdera.

Um dia organizou uma ida ao parque de diversões que ficava na Tijuca. Era um comboio de dois a três carros. Foi aí que conheceu Leopoldo, amigo de sua irmã e de seu pai. Leopoldo trabalhava com Luís Jardim fazendo cinescopia, um tipo de desenho animado feito através de uma imagem refletida. Desenhava muito bem. Era cheio de alegria, animadíssimo, e topava todos os programas. Sem perceber, foi ficando extremamente encantada com ele. Mas não podia demonstrar em casa, senão a proibiriam de sair com o grupo.

Foram momentos inesquecíveis na minha vida. Ir ao Municipal de vestido longo, com Glorinha, e Leopoldo de smoking, para ver Jean-Louis Barrault, seguido por uma recepção na embaixada da França. Leopoldo nos levou para conhecer a famosa Vogue. Era tudo tão escuro lá dentro e tão frio, a música sempre romântica, que tínhamos a sensação de estar em outra dimensão. Como um ambiente pode mudar tanto? À luz do dia, era um lugar totalmente diferente. Certa vez quis conhecer um terreiro de umbanda e, imediatamente, Leopoldo organizou uma excursão com três carros, e fomos para São João de Meriti, um lugar que ficava no fim do mundo, mas com Leopoldo nos guiando ninguém tinha medo, nem das metralhadoras do Tenório. Chegando lá, descobrimos que Leopoldo era superconhecido dos umbandistas. O batuque e a música não paravam. As pessoas dançavam num ritmo acelerado, em transe, e quase todas fumavam cachimbo. Ao lado do terreiro havia uma pequena capela, com os santos católicos correspondentes aos do candomblé: Iansã, Iemanjá, Xangô, Ogum, respectivamente, santa Bárbara, Nossa Senhora da Conceição, são João e santo Antônio.

Tudo isso era um mundo novo para ela, que tinha uma formação religiosa rígida, em que isso seria pecado mortal. Um mundo que começava a conhecer por meio de Leopoldo.

As cartas de seu futuro marido começaram a chegar, informando o seu próximo retorno. A menina, que já não era tão sonhadora, chegou à conclusão de que Leopoldo era muito parecido com seu pai. Gostava de chegar em sua casa num carro conversível branco para visitá-las. Contava vantagens homéricas, devia ter lido a *Odisseia*. Sabiam que tinha um *rendez-vous*, a essa altura dos acontecimentos ele nada escondia. Contava histórias esdrúxulas para escandalizar as filhas de seu amigo. Leopoldo nunca soube que ela sentia uma grande atração por ele. Através do amigo de sua irmã, tinha conhecido um mundo da Vogue ao candomblé, sem falar nos vestidos de baile que usava para frequentar com ele o Municipal. Mas não teve coragem de demonstrar seus sentimentos, sabia que nada disso a faria feliz. Depois de algum tempo, já de casamento marcado, pediu que Leopoldo escolhesse para ela três quadros da casa de seu pai, que iria levar como recordação do Garzon. E foi assim que esses quadros a acompanharam por toda a vida, levando suas melhores lembranças.

Agora voltava ao passado, lembrava-se da vergonha que passara quando telefonou para Marieta pedindo que Castilho separasse alguns livros bem fortes, que Maricota iria buscar mais tarde. Foi um escândalo na livraria José Olympio. Fizeram até uma reunião com os empregados da livraria e com alguns escritores, os mais assíduos, e, por fim, chamaram seu pai para alertá-lo sobre o que estava acontecendo com a Maria Christina. Nesse dia, seu pai chegou mais cedo, pronto para lhe dar uma surra. Coisa que nunca acontecera. A menina, apavorada com a repercussão de seu telefonema, resolveu contar a verdade: a culpa era da tia solteirona de Pedro, que lhe pediu para procurar na sua biblioteca alguns livros bem fortes, a fim de lhe emprestar. A menina, como não conhecia nada disso, e querendo agradar ao namorado, ligou ingenuamente para a livraria encomendando os livros. Seu pai não só acreditou inteiramente na história como achou muita graça.

— Esse seu namorado tem uma tia muito da sem-vergonha. Toma cuidado com ela.

Maria Christina continua lembrando-se de muitas histórias que aconteceram com ela. Realmente, seria impossível arrancar a menina de suas lembranças. Elas estavam ainda muito vivas.

As Pastorinhas

É tudo tão confuso que fico sem saber como conheci as Pastorinhas. Lembro-me muito bem de minha irmã contando-me que tinha sido rainha do Cordão Vermelho. Achava uma coisa do outro mundo, minha irmã ter sido rainha do Cordão Vermelho.

Para mim, uma garotinha de 6 anos, poder participar das brincadeiras de Glorinha era o máximo dos máximos. Ela guardava todas as suas bonecas de papel dentro de uma caixa de sapato e, quando ia brincar, escolhia sempre o quarto de nossa mãe para colocar as bonecas encostadas nos móveis, como se fosse um verdadeiro teatro. Era tudo tão diferente das histórias da Cinderela e da carochinha, que eu ficava maravilhada, admirando as falas de minha irmã. Maricota, sempre ao meu lado, ajudava Glorinha a recortar as bonecas das revistas. Recortava não só as modelos, como tudo que pudesse ajudar nas suas histórias: automóveis, decorações, bolsas, sapatos, artistas de cinema. E assim a história criava vida nas suas palavras. Eu não podia interferir, o máximo que podia fazer era segurar um carro, fingir que ele andava, ou uma boneca, como ela mandava. Um dia, resolveu contar-me que tinha sido rainha. Maricota, que morava nessa mesma época em Alagoas, confirmou:

— É verdade, sua irmã foi rainha do Cordão Vermelho.

Maricota se lembrava de tudo. Nessa época, trabalhava para os Lamenha e conhecia toda a história de minha família e de outras também. Ela sabia de cor as cantigas das Pastorinhas e me contava como era a festa.

Maceió vibrava com a chegada da festa da Lapinha. Durante meses, a garotada, com seus empregados, se preparava para representar o Auto de Natal: o anjo Gabriel e, em seguida, as Pastorinhas divididas entre o Cordão Vermelho e o Cordão Azul, com Diana no meio, conduzindo a festa. Cada cordão tinha vários personagens. O Vermelho dividia-se entre: Hora, Jardineira, Cigana Rica, Galego, Diabo, Rosa e Baiana. O Azul: Gentileza, Açucena, Ceifeira, Florista, Libertina, Pastor Guia, Contramestra, Borboleta, Pequenina, Galega e Cigana.

— Teresa, filha dos Bahia — contava Maricota —, menina bonita, rica, foi escolhida para ser a rainha do Cordão Azul e Roberto, apaixonado por Glorinha, a fez rainha do Cordão Vermelho. Ataíde, empregado de Roberto, um comunista ferrenho, tratou de arrumar o trono vermelho de Glorinha. Ele não fazia outra coisa senão arranjar papel vermelho nas biroscas para forrar o trono: procurava objetos, qualquer coisa que, bem embrulhada, ficasse bonita embaixo do trono do Cordão Vermelho, como cachos de banana, que viravam presentes enormes, lindos, para que o trono ficasse cem vezes mais bonito que o trono do Cordão Azul. A garotada passava meses ensaiando as músicas dos cordões Vermelho e Azul:

Eu sou Diana, não tenho partido são estes dois cordões etc.

O anjo Gabriel anunciava a vinda do menino Deus. E os pastores então saíam em busca do menino Deus. As Pastorinhas se colocavam em frente ao presépio. Primeiro, chegava o pastor Guia, cantando:

Sou o pastor Guia, que alegre venho e cuido de minhas ovelhas.

Cada personagem tinha uma roupa vermelha ou azul. Os empregados antigos ajudavam os meninos com as cantigas. O pastor, anunciando que chegava das montanhas, entoava:

Eu venho reaver ao mundo Jesus para o nosso bem...

O anjo Gabriel respondia:

É o anjo que vem anunciar...

As pastoras:

Que vozes são estas
Que vêm despertar.

A garotada distraía-se decorando as letras ensinadas pelos empregados, cantigas tradicionais que foram passando de geração em geração. No dia da festa, as famílias se reuniam para aplaudir os filhos, que levavam a brincadeira muito a sério.

Até hoje, Betinha e Glorinha ainda sabem algumas cantigas e se divertem, lembrando dos bons momentos que tiveram em Maceió.

O Auto de Natal só se festeja nos povoados mais distantes do Nordeste. Ainda é possível encontrar festas características, populares, que infelizmente desapareceram das capitais. Se não fosse pelas minhas irmãs, que contam até hoje as experiências maravilhosas que tiveram, eu jamais saberia que houvera festas tão bonitas, coloridas, que alimentavam a garotada com frases ingênuas, delicadas. E cheias de esperança.

Festa da Betinha

Eu lembro muito bem do sufoco que passei. Tinha 7 anos, minha mãe convalescia de uma doença séria, não sei dizer qual, mas ela não queria deixar de festejar os 16 anos de minha irmã Betinha. Planejou tudo nos mínimos detalhes, fez papai comprar uma vitrola linda que ficava dentro de um móvel, organizou brindes para as amigas de minha irmã e comprou um bibelô de porcelana muito delicado para dar à vencedora do sorteio. Fitas de cetim de cores claras foram penduradas no nosso lustre, os discos todos selecionados, muitos deles emprestados, já colocados ao lado da vitrola. Tudo girava em torno de minha irmã, e eu morria de inveja, nunca haviam organizado uma festa para mim e, agora, faziam essa festa maravilhosa para Betinha. Minha babá alimentava os meus ciúmes. No dia da festa aprontei-me logo cedo, com um vestido novo, sapatos de Shirley Temple de verniz preto com botão, meias de seda branca, laçarotes nas tranças, esperando ansiosa pela festa de minha irmã. A mesa na sala de jantar, com uma belíssima toalha de rendas, coberta de doces embrulhados em papéis prateados, e um bolo enorme, bem alto, com 16 velinhas em cima do bufê, aguardava os convidados. Pronta, desci e, ao ver-me sozinha na sala, ensaiei uns passinhos de dança, mas sem música não tinha a menor graça e foi aí que caí na tentação de chegar perto da vitrola, abrir a tampa, pegar no braço, puxá-lo para o lado para fazê-la funcionar, como havia visto o técnico ensinar à minha irmã. Porém, puxei o braço da vitrola com tanta força que ele despencou, saiu do lugar e ficou caído para um lado. Foi um horror. Apavorada, olhei em volta, e, como não tinha ninguém na sala, rapidamente fechei a tampa do móvel, subi correndo as escadas e fiquei quietinha, fingindo que brincava com a minha boneca, sentada na cama de minha mãe. O movimento todo da casa se passava no quarto de minha irmã. Mamãe mandou fazer um vestido lindo para Betinha, não era comprido, mas era esvoaçante, de uma cor clara; minha irmã estava linda esperando as amigas.

Meu coração não parava de bater, não sabia o que iria fazer quando descobrissem que a vitrola estava quebrada.

— Menina, como você está quieta, que milagre, você não vai descer? — perguntou minha irmã Glorinha.

Ensaiei dizer alguma coisa, contar-lhe o que tinha acontecido, mas não tive coragem. Nisso, começamos a escutar uns gritos e choro que vinham lá da sala, era minha irmã aos prantos:

— Papai, quebraram minha vitrola, o que vamos fazer agora, papai?

O coitado do meu pai, desesperado, abriu o móvel e, como não entendia nada de máquinas, só via o braço da vitrola pendurado com os fios aparecendo.

— Quem teria feito uma maldade dessas? Como vamos resolver esse problema?

Era um desespero, uma calamidade na família, e eu, calada, espantada, apavorada com a surra que me esperava. Nisso, minha irmã olhou para um rapaz que não fora convidado, que estava ao lado da vitrola, chamou minha mãe e disse:

— Mamãe, só pode ter sido esse penetra que quebrou o braço da vitrola, por favor, mande tirar esse rapaz da nossa casa, só pode ter sido ele.

Minha mãe, gelada, apavorada com o que estava fazendo, chamou seu sobrinho e pediu que tirasse o rapaz lá de casa:

— José, Betinha está achando que foi esse rapaz que quebrou a vitrola.

Por mais que meu primo desmentisse que seria impossível tamanha calúnia, furioso, inventou uma história qualquer para o rapaz, e saíram da festa.

Liliam, amiga de Betinha, chegava nesse exato momento e logo resolveu o problema: iria até sua casa pegar sua vitrola, que era portátil e muito boa. Assunto resolvido, a festa animou-se, as amigas de minha irmã começaram a chegar com seus pares, todas lindas e bem vestidas. Eu calada estava, calada fiquei, vi o pobre rapaz ser acusado por um crime que não tinha cometido. Para mim era um verdadeiro crime, e eu, a verdadeira culpada do delito, tinha deixado o pobre ser acusado injustamente, nada havia feito para salvar sua honra. Depois dessa história resolvida de uma maneira tão triste, decidi dormir, nem fiquei para os parabéns, pedi à babá que me levasse para o quarto, onde ela vestiu-me a camisola. Como não tinha por hábito nessa época rezar à noite, deitei-me calada, aflita com o que acabara de fazer — abafada, me sentia como se fosse um balão que estivesse prestes a estourar a qualquer momento.

Guardei esse segredo durante muitos e muitos anos, acho que só depois de casada contei a verdade para minha irmã.

Almoço de domingo

Lembro de meu pai, carinhoso, que me fazia subir as escadas quando eu era pequena para me dar três beijinhos, e todos os seus beijinhos tinham nome: "ligue-li pai; ligue-li mãe." Uma língua meio chinesa, talvez inspirada na música: "Chinês... só come uma vez por mês..." Mas eu adorava. Depois, quando cresci, tornei-me sua companheira nos esportes. Comprou para mim uma raquete de tênis e passei a ter aulas com o professor Miller. Até ele começou a tomar aulas com o professor e depois jogava com os meus amigos, que se lembram disso até hoje com orgulho. Levava a sério o tênis, comprou um verdadeiro enxoval na loja Super Ball, tudo branco, shorts, camisas, meias e um bom tênis. Levava-me à sede do clube Flamengo, na Lagoa, para assistir às partidas de vôlei, basquete. Mas nunca esquecerei o dia em que vi meu pai entrar no campo no meio dos jogadores perfilados, com a banda tocando, para receber o título de sócio-proprietário do Flamengo. Foi o máximo. Meu pai foi o meu ídolo, eu o considerava o maior escritor do mundo. Era sem dúvida o pai mais carinhoso, sempre me dando força, me incentivando no violão, contratou o melhor professor possível, seu amigo, o velho Patrício Teixeira, que me ensinava músicas de Noel Rosa e Sinhô, que aprendia para depois cantar para meu pai e seus amigos em suas reuniões.

Meu pai tinha verdadeiro horror de mulher metida a intelectual, a subintelectual. Mulher era para ser bonita, cozinhar, cantar e casar. Um verdadeiro absurdo, tratando-se de um homem tão moderno, e tão quadrado ao mesmo tempo. Mas tinha grandes amigas literatas, como Rachel, Lúcia Miguel Pereira, Adalgisa Nery, entre tantas outras. Elas podiam tudo, até fumar.

Quando meu pai chegava em casa, com os quadros ganhos de presente de Cícero Dias, era uma festa. Ele mesmo os pendurava na parede, e os distribuía à sua maneira. Eu olhava para os quadros sem saber o que dizer, mas meu pai, como se adivinhasse meus pensamentos, logo esclarecia as minhas dúvidas.

— Menina, nada tem explicação, é olhar e gostar. Quando vamos comprar um tapete persa: a gente olha e, se gosta, compra. Ninguém quer saber o que o tapete quer dizer.

Imediatamente acatava a palavra do meu pai. Olhava com outros olhos para os novos quadros do Cícero e, se meu pai gostava, mais uma razão para eles serem bonitos, e pronto. Quando meus amigos iam brincar lá em casa e olhavam para os quadros com certo espanto, eu logo repetia a lição que aprendera do meu pai.

As reuniões na nossa casa eram deliciosas. Quando Gilberto Freyre ou Olívio Montenegro apareciam no Rio, era motivo para minha mãe organizar uma reunião. Passava o dia preparando comidas deliciosas, mandava Maricota comprar o creme de leite fresco na padaria Real Grandeza. As flores enfeitavam a casa, e não faltava o melhor uísque para o Gilberto. Aqueles literatos pareciam uns meninos quando se encontravam lá em casa. Adoravam brincar com Olívio, meu padrinho, e ninguém melhor do que Cícero Dias para contar a história do meu batismo: vieram os dois do Recife para o meu batizado, pegaram o famoso *Ita* e quase perderam todo o dinheiro jogando com o capitão do navio. Morávamos em Maceió, e os dois, já conhecidos dos amigos de meu pai, grandes intelectuais, não queriam outra vida, tinham muito o que conversar e trocar ideias. Conversavam sobre o movimento modernista que há muito tempo já existia no Nordeste. Gostaram tanto de Maceió que acabaram passando quase um ano na cidade. Contam que eu fui andando para o batizado. Como Olívio havia perdido todo o dinheiro no jogo no navio, minha mãe lhe emprestou dinheiro para ele comprar o presente. Não sei se é verdade, mas os detalhes e a maneira como Cícero contava eram muito gozados. Luís Jardim tinha sempre um número preparado de imitações que nos deliciava depois do jantar. Voltara dos Estados Unidos com uma nova série, a das velhas americanas que o perseguiam. Imitava até a voz das velhas, era um espetáculo. Nasceu para ser artista de teatro. Uma de suas apresentações favoritas era imitar Gilberto falando, fungando o nariz, o lenço saindo exageradamente do bolso e as grandes risadas. Ninguém falava de literatura nem de assuntos sérios, e, por mais que conhecêssemos o repertório de Jardim, tudo nos parecia uma novidade deliciosa de escutar. Depois vinha a revanche dos amigos contando as histórias mirabolantes de Jardim com Alice, sua mulher. Era de rolar de rir. Alice era riquíssima, e o nosso Jardim tinha resolvido dar uma de crupiê, comprou um cassino e acabou perdendo toda a herança da mulher, mas não o seu amor, que perdurou por toda a vida.

Meu pai foi à França a convite do governo francês. Chegou de volta ao Garzon carregado de perfumes, e da chapeleira saíram lindos chapéus para a minha mãe. Ele trouxe até os brincos que havíamos desenhado do Burma. Até para o Garzon veio um presente, um xale de cashemire, antigo, típico das casas da Provence. Ficava em cima do piano. Eu deveria ter guardado esse xale, mas na época não lhe dei o menor valor.

Depois passou dias descrevendo os lugares maravilhosos que havia conhecido, como Menton, Antibes, Nimes, Camargue, Angers e Avignon, tudo descrito em suas crônicas para o jornal *O Globo*, que foram reunidas mais tarde no livro *Botas de sete léguas*.

Os almoços de domingo eram famosos na nossa casa. Minha mãe sempre preparava comidas deliciosas para meu pai, e uma de suas especialidades era galinha cozida no pirão. E minha mãe fazia questão de que meu pai fosse sempre o primeiro a ser servido. Minha tia Adélia não perdia um almoço. Flamenguista doente como meu pai, muito bem-humorada e cheia de alegria, participava de mil brincadeiras com papai. Meu pai era um brincalhão, adorava dar apelidos, ou então me fazia ligar para a casa do Barbosinha para passar trote e eu dizia: "é aí a casa do Barbosinha? O Francisco de Assis Barbosa, o Barbosinha?" Desligava e ligava novamente. Eu tinha de fazer isso umas cinco vezes e ele dava gargalhadas com a brincadeira.

Logo após o almoço, chegava Mário Filho para o cafezinho e para buscar meu pai, e juntos iam ao jogo de futebol. Mário Filho, apesar de tricolor doente, se dava muito bem com meu pai, um flamenguista também doente. E lá partiam os dois, provocando um ao outro rumo a alguma partida de seus clubes favoritos.

Só mais tarde, já mocinha, eu e Glorinha passamos a acompanhar papai aos jogos principais, sempre na tribuna de honra dos clubes.

Aquele vento me destruiu

Que vento gélido senti hoje ao sair da casa de uma amiga no Flamengo. Ele me trouxe um passado melancólico, sentimentos perdidos que não deveriam ter voltado. Vejo-me criança, lembro-me muito bem daquele dia em que o vento zunia gélido, igualzinho a esse, e eu sentia uma tristeza imensa enquanto voltava para casa. Minha mãe estava ausente, visitando meu avô na Paraíba. Sabia que iria encontrar a casa às escuras, com as janelas fechadas. Costumava entrar pela cozinha, que ficava sempre aberta. O dia lindo, transparente como o de hoje, e aquele vento desesperado sacudindo tudo, carregando as folhas, agitando as águas da lagoa, trazendo solidão e angústia para aquela menina que se sentia tão só. Sentava na copa e pedia a sinhá Maria que me fizesse um ovo mole com pirão. Depois, ia me refugiar no meu quarto, folhear os livros que papai me presenteava. Eram lindos, coloridos, a maioria ilustrada por Santa Rosa. Lamento não os ter levado comigo quando casei. Quando voltei ao Brasil, procurei no Garzon e não os encontrei: minha sobrinha, ainda criança, brincava com eles quando ia lá em casa, e acabaram se perdendo. Fiquei triste, afinal, faziam parte de uma vida.

Às seis horas, quando não era domingo, ouvíamos novela na Rádio Nacional. Lembro das *Tranças de Berenice*, que uma prima, que passava uma temporada conosco, gostava de escutar. A infeliz sentava-se ao lado do rádio que ficava na sala de jantar e, numa posição contrita, apertando as mãos, atentamente ouvia a novela. Devia ser muito triste, por causa dos seus soluços.

Que horror, que horror, quantas lembranças esse vento maldito está me trazendo.

Vou passar uma borracha nesses pensamentos. Esse vento de hoje não vai me perturbar, tenho reservas para enfrentá-lo com unhas e dentes.

— Vai, vento, vai embora, vai levando minhas tristezas. Você não me engana, eu já o conheço.

ELES

Silvério

Antonio já andava desesperado por ver a filha mais velha encalhada. Já casara e despachara todas as outras filhas, só faltava Carolina, que vivia triste pelos cantos da casa.

Ficara viúvo muito cedo, sempre tivera um comportamento exemplar. Nunca deu motivos para que qualquer habitante de Taparica fizesse um comentário a seu respeito. Sabiamente, mantinha afastada da cidade, morando numa chácara, uma rapariga jovem, muito bonita. Quando queria satisfazer seus desejos, pegava o cavalo e se mandava para os braços de Cintia. Dedicava-lhe horas de amor, tomavam banhos de rio vestidos de Adão e Eva, e tudo corria na maior discrição. Mas a rapariga já andava aflita para que Antonio legalizasse sua situação. Não queria mais viver no anonimato. Desejava ter amigas, frequentar o coreto de Taparica, encomendar vestidos na casa de costura de dona Aurora, e só via o tempo passar sem que Antonio tomasse uma atitude.

Há muitos anos fora levada para a chácara, quase menina, para ser amásia de Antonio. Seu pai praticamente vendera a menina de 15 anos, virgem, pura, que nada conhecia da vida, em troca de uma dívida com o patrão. Foi uma felicidade para essa pobre criatura gostar desse homem que, além de bonito, era delicado e a tratava com toda consideração. O futuro amante fez questão de passar por todos os procedimentos antes de tocar no corpo de Cintia: namoro, noivado e os finalmentes. Tudo acontecia a sete chaves, sem a presença de nenhum candango. Só dona Maria morava na chácara. Antonio a encarregara de tomar conta de sua amásia. Assediado por Cintia, Antonio resolveu que a levaria para morar com ele, assim que sua filha se casasse. Cintia aquietou-se, mas foi logo lhe dizendo: chamego não, só quando estivesse morando com ele em sua casa na cidade. Antonio se viu louco. Perturbado, decidiu que casaria a filha de qualquer maneira. Aumentaria o dote e fez com que essa notícia se espalhasse pela cidade. Por incrível que pareça, não surgiu nenhum candidato.

Um dia, despachando com Silvério, seu contador, se deu conta de que ele seria um ótimo pretendente para a filha. Logo pensou em providenciar um jantar para apresentá-lo à família. O pobre diabo se viu desesperado com um convite tão importante — um medíocre, que só sabia fazer aquele trabalho de contabilidade e nada mais. Vestia-se sempre de preto, metódico. Percorria o mesmo caminho para o trabalho todos os dias. Quando via uma senhora, fazia menção de tirar o chapéu em sinal de respeito, dava sempre uma mísera esmola para o mesmo mendigo e, religiosamente, com a sua pasta surrada embaixo do braço, chegava ao trabalho, infalível, faltando cinco para as oito horas.

— Bom dia, Silvério — dizia o porteiro da firma.

E ele, desanimado, respondia todos os dias com a mesma frase:

— Bom dia nada, Manuel, mas seja lá o que Deus quiser.

Sentava-se à escrivaninha à espera de ser chamado pelo patrão, que o tratava com o maior desprezo. Só não o despedia porque Silvério era um excelente funcionário. Realmente, o sujeito parecia fantasiado de papa-defunto, aspecto acinzentado, atitudes formais, e sempre com o trabalho em dia, nunca o patrão Antonio encontrou um erro sequer. Era só pedir que a papelada estava sempre pronta. Porém, dessa vez olhou para Silvério de outra maneira. Afinal, não era tão ruim como costumava vê-lo, era só mandar tirar as caspas do paletó, dar uma sacudidela nele, mandar cortar o cabelo, e este tipo daria um excelente noivo. Tinha certeza de que depois de uns arranjos, Carolina ficaria encantada com o rapaz. Estava decidido: compraria uma muda de roupa para Silvério e, quando ele soubesse do dote, não iria nem pestanejar.

— Silvério, tenho uma proposta para lhe fazer. Quando terminar o trabalho venha até minha sala para tomarmos um cafezinho.

O pobre homem saiu trêmulo da sala do patrão, mal se sustentava nas pernas. Cambaleando, sentou-se em frente à máquina de calcular e, de tão nervoso, não conseguia fazer nada direito, tudo dava errado. Terminado o trabalho, foi ao encontro do patrão.

— Sente-se, Silvério, aceita tomar um conhaque?

O pobre tremia; quando menos esperou, já estava com um copo de conhaque na mão. Antonio, sabiamente, lhe fez a proposta sem consultar a filha. E Silvério, antes do primeiro gole, já estava noivo, de casamento marcado com a filha do patrão. Saiu do escritório mais leso do que entrara. O que fazer, não sabia. Pegou sua velha pasta e foi fazendo o mesmo caminho para casa. Quando passou pela portaria disse:

— Que o bom Deus o guarde, seu Manuel.

Morava de favor na casa de uma tia, no Grajaú. Tia Ruth, boa de coração, tentava ajudar Silvério. Quando viu o sobrinho chegar acabrunhado, sem fala, foi ao seu quarto perguntar o que havia acontecido. Silvério mal conseguia dizer uma palavra, mas acabou contando tudo para a tia. Tia Ruth, por mais que gostasse de Silvério, conhecia bem as limitações do sobrinho. O que teria visto o patrão nesse pobre homem? Magro, pernas de caniço, sem nenhuma imaginação. Sempre repetindo as mesmas falas, sem nenhum interesse pela vida. Já nascera um derrotado. Essa história não estava bem contada. Será que a filha do patrão estaria grávida? Resolveu empenhar-se para saber a verdade. Tia Ruth tinha conhecimentos, umas forças ocultas que acabavam sempre sabendo de tudo. Seria fácil, contaria o caso às amigas do terço.

No dia seguinte, Silvério não teve forças para sair do quarto. Ruth foi à luta, o sobrinho que ficasse calmo: logo, logo saberia a verdade.

Antonio chegou em casa e contou o fato, resolvido e consumado, à filha.

— Vá aprontando o seu enxoval, você já tem noivo, um cara honesto, bom trabalhador, sem nunca ter faltado um só dia ao trabalho.

— Quem é pai? — Curiosa, quis logo saber.

— Silvério, meu contador.

— Aquele seu funcionário que anda sempre com aquela pasta surrada? O senhor enlouqueceu? Prefiro morrer a casar com aquele traste que nem parece gente, aquela cor esquisita, cor de defunto. O senhor enlouqueceu, meu pai? Quer se livrar de sua filha para agradar a sua amásia? Pensa que não sei de sua vida? Então, o senhor achou que estava nos enganando? Nós nunca tomamos uma posição porque a rapariga era discreta e nunca se aventurou pelas bandas da cidade. Eu não me caso com Silvério, e nada vai me tirar da casa de minha mãe. Não ouse mais me fazer essa proposta. Eu prefiro morrer.

Antonio endoidou. Então, já sabiam de sua amásia, e ele fazendo todo aquele mistério. E agora, o que faria? Teria de bolar outra solução. Trazer Cintia para morar na cidade seria um escândalo. Uma rapariga solta, morando sozinha, daria na vista. Foi aí que encontrou outra saída. Casaria Cintia com Silvério e então tudo estaria resolvido. Cintia poderia frequentar a casa de costura, encomendar seus vestidos, passear no coreto e depois, quando Silvério estivesse trabalhando, poderiam se encontrar no seu paraíso, na chácara dos amores. Decidido, não esperou amanhecer. Logo bem cedo, ele mesmo abriu as portas do escritório. Esperou ansioso a chegada de Silvério para lhe participar a troca de noiva. Casaria com Cintia, rapariga jovem que tinha um ótimo dote. Teria uma casa bonita em frente à praça principal de Taparica, e tinha certeza de que seriam muito felizes. Aí mesmo que Silvério endoidou. Foi mais cedo para casa contar as novidades a tia Ruth. Quando passou pelo porteiro nem olhou, foi andando rápido só pensando nesse casamento. Silvério havia mudado de noiva e já ganhara uma casa em frente à praça principal de Taparica.

Ruth foi direta:

— Aceita, aceita essa proposta que é muito boa. Exija enxoval, trajes novos, boas camisas. Vamos mudar tuas atitudes, Silvério. Junto com minhas amigas, vamos te fazer outro homem. Quem sabe se essa Cintia vai acabar gostando de você? Tudo é possível. Dizem que a rapariga é linda. Casa, Silvério. Não se esqueça das condições: dote, enxoval, casa etc. Deixe que eu me encarrego do resto.

Silvério já ficou mais animado. A tia tinha toda razão.

Quando Antonio fez a proposta para Cintia, a rapariga ficou animadíssima em ir morar em Taparica numa casa importante em frente à praça principal. Concordou com tudo, assinou em branco a proposta, sem nunca ter visto a cara de Silvério.

Carolina ficou descansada quando o pai não mais lhe repetiu aquela proposta indecorosa. Mal sabia que a rapariga do pai viria morar na cidade, ao alcance dos olhos de todo mundo. Silvério seria o corno mais famoso de Taparica.

Ruth exigiu que Silvério tirasse férias, a fim de se preparar para o casório. Ela estava à frente de todos os projetos e resolveu começar pela aparência do sobrinho. Pediu ajuda às amigas, que logo se ofereceram para dar umas aulas de etiqueta ao rapaz. A mudança foi total. Cortaram o cabelo horroroso de Silvério e as caspas que não saíam nunca dos ombros do seu paletó desapareceram. Já tinham virado caspas de estimação. O alfaiate veio especialmente até a casa dela para tirar as medidas do sobrinho e vários ternos foram encomendados. Tudo isso feito na maior surdina, para não despertar ciúmes em Antonio. Tia Ruth, que não esperava mais nada da vida, encontrou no noivado de Silvério uma fonte de animação. Uma de suas amigas foi indicada para ensinar a Silvério os primeiros passos de dança; outra, etiqueta e bons modos.

Assim, Silvério, que era um sujeito caricato, ridículo, foi mudando sua maneira de ser. Ruth jogou todas aquelas roupas de papa-defunto no lixo. A cor acinzentada de Silvério, no fundo, era falta de um bom sabonete, de um banho caprichado. Com a aparência mudada, poderia até se dizer que era um rapaz bonitão. Ruth, com o dinheiro que entrava toda semana, estava animadíssima, criara alma nova, sabia que Silvério não iria abandoná-la. Sonhava com a casa bonita em frente à praça principal da cidade.

Finalmente chegou o dia do casório, quando os noivos iriam se conhecer. Silvério apareceu na porta da igreja, e ninguém o reconheceu. Entrou de braços dados com Ruth, exibindo um fraque impecável, cabelos cortados, de um castanho aloirado, com uma mecha que lhe caía na testa. Sua cor acinzentada havia desaparecido. Santo Deus, era outra pessoa. O burburinho na igreja era imenso, foi preciso que o padre tomasse uma atitude, queria mais respeito, estavam na casa de Deus. O patrão não acreditava no que estava vendo. Carolina começou a chorar de arrependimento, fora uma burra por ter recusado a proposta do pai de casar com Silvério. Era tarde.

Cintia despontou na igreja, linda, vestido bem decotado, cauda de rainha, levando um buquê virginal. A igreja, ornamentada, estava coberta de lírios. O órgão tocava uma bela música sacra. Quando viu o noivo que a esperava ao lado do altar, quase teve uma síncope de felicidade. Silvério, irreconhecível, era outro homem. Cintia estava gratíssima. Conforme o prometido, Antonio arranjara um noivo de boa aparência. Agora, com o belo dote de Cintia, Silvério não precisaria mais enfrentar a cara de Antonio.

Perdeu aquela aparência de bobo. Mas se tornou o corno mais famoso da cidade.

Ruth, tia de Silvério, estava realizada. Cintia, a dona da casa, lhe dava plenos poderes. Ela andava com as chaves da despensa penduradas na cintura, mandando e desmandando nos empregados, e nada se fazia sem a sua permissão. Cintia só queria se embelezar, frequentar a casa de modas de dona Aurora, que conhecia todas as fofocas de Taparica. Como comprava muito, Aurora lhe selecionava os vestidos mais bonitos. Sabia que o dinheiro vinha de boa fonte, e as boas freguesas eram poucas. Comprava e não pechinchava.

Esperta, Cintia sabia agradar, e pouco a pouco foi conquistando a sociedade de Taparica. Dedicava as quartas-feiras exclusivamente ao seu amante Antonio. Encontravam-se às escondidas na chácara. Sabia que dependia do amante para continuar com aquela boa vida. Agora, mais bonita, bem-tratada, vestindo roupas de luxo, começara a usar uma lingerie sofisticadíssima, que deixava Antonio endoidecido. Dona Maria tomava conta da chácara, mantinha tudo organizado para o casal.

Cintia estava feliz, já tinha conseguido tudo o que queria na vida: morar em Taparica numa bela casa, ter bons empregados, que Ruth sabia dirigir com mão de ferro, dinheiro para gastar e um marido de fachada que a satisfazia plenamente, aprendendo com ela as artes de fazer amor.

Silvério adaptava-se com dificuldade à nova vida. Tinham-lhe imposto outra pele, outra personalidade. Dependia de tia Ruth para tudo. Muito tímido, não conseguia se achar naquela casa tão chique, naquelas roupas escolhidas; sentia saudade daquele terno preto, da vidinha insossa que levava. Que decepção teria tia Ruth se percebesse seus pensamentos.

Um dia, Carolina, que ainda estava mordida por ter perdido Silvério, resolveu que o conquistaria de qualquer jeito. Conhecendo a vida do pai, sabia muito bem onde ele se encontrava às quartas-feiras. Estava livre para arquitetar um plano. Mandou-se então para a casa de dona Ruth. Iria fazer-lhe uma visitinha. Quem sabe não encontraria Silvério? Não precisou nem tocar a campainha, que Silvério abriu a porta.

— Que prazer encontrá-lo, pensei que estivesses no escritório — disse fingidamente. — Vim fazer uma visitinha à tua tia.

Há muito tempo que Silvério não colocava o pé naquele escritório, o dinheiro lhe chegava todos os meses num envelope bem gordo, e o entregava diretamente à tia.

— Senhorita Carolina, o prazer é todo meu. Tia Ruth foi ao mercado, mas logo estará de volta. Quer tomar um refresco comigo na varanda? Ficaria encantado.

O nosso Silvério estava se saindo muito bem, essas lições não lhe foram dadas, porém ele já se sentia mais à vontade. Vendo Carolina, pensou em vingar-se do ex-patrão. Sabia muito bem onde Cintia se encontrava a essas horas. Tudo lhe fora imposto, praticamente assinara um contrato em branco para a felicidade de tia Ruth. Silvério estava se sentindo enojado com essa nova pele de gigolô. Havia aprendido muitas coisas, as lições estavam sendo úteis, mas não era feliz. Cintia usava seu corpo como e quando queria, e ele bem que gostava. Sentia um prazer imenso em beliscar suas nádegas, dar-lhe uns tapas de verdade, puro sadismo. Agora, bem à sua frente, estava Carolina, a filha de Antonio. Não perderia essa oportunidade, quem sabe se Carolina também não gostaria de ser levada para a cama? Mal sabia ele que Carolina não desejava outra coisa, depois que o vira entrando na igreja pelo braço de tia Ruth. Apetitosa, sensual, isso ela era.

Rapidamente se dirigiram para a varanda. A claridade entrava através das palmeiras, as samambaias penduradas davam um ar tropical ao ambiente. Carolina, abanando-se, com as faces ardendo de paixão, levava seu leque de um lado para outro, sem saber o que dizer. Carolina estava ali bem pertinho, oferecendo-se languidamente, era só ter coragem para dar o primeiro passo. Mas, tímido por natureza, ficou sem saber o que dizer.

— Vou chamar a copeira e pedir um suco. Gostas de suco de melancia, ou preferes uma laranjada? — Que idiota, pensou, será que não teria outro assunto para começar uma conversa com Carolina?

Num dado momento, Silvério segurou as mãos de Carolina, que tremia de desejo e paixão, e disse bem baixinho:

— Carolina, Carolina, por que não te conheci antes? Por que não aparecestes na minha vida? Teria sido tão maravilhoso estar contigo agora em meus braços.

Carolina, que mal conseguia falar, sussurrava:

— Silvério, você é o amor da minha vida.

Carolina estava louca para cair nos braços de Silvério e descontar o tempo perdido. Silvério olhava aquela criatura que lhe fora oferecida em casamento e lembrava-se muito bem do escândalo que fizera ao saber da proposta do pai. Quando a via entrar no escritório, mal conseguia olhar para a moça, o seu ar de desprezo congelava o ambiente. Agora estava ali, toda enlouquecida, querendo que a levasse para a cama.

Hoje, reconhecia ter sido um cara esquisito, malvestido, sem dinheiro. E que essa transformação o mudara fisicamente.

Mas mudara mesmo? Haviam feito dele um boneco, cortaram seu cabelo, compraram-lhe roupas bonitas; até sua cor, com bons sabonetes, passara a ter uma aparência saudável. Sua tia dizia que ele se tornara um bonito rapaz. Felizmente, sua alma ainda era a mesma. Não era feito para aquela vida mundana. Apesar de ter conhecido os prazeres da carne, de haver provado do bom e do melhor e de ter perdido aquele ar de papa-defunto, continuava o mesmo Silvério. Olhou para Carolina friamente.

— Minha prezada Carolina, estavas cansada de entrar no escritório e me olhar com desprezo. São esses míseros trapos que te seduziram. Carolina, vá embora. Não me procures mais. Partirei daqui muito em breve. Foi preciso passar por todas essas experiências para saber que não fui feito para essa vida. Tenho certeza de que Cintia ficará encantada em manter tia Ruth para cuidar de sua casa. E, quanto a você, aconselho a aceitar a amásia de seu pai, que é uma boa rapariga. Veja se muda esse teu jeito arrogante, que não te levará a nada.

Carolina, desesperada, pegou a bolsa e, soluçando, saiu correndo, sem coragem de olhar para Silvério.

No dia seguinte, discretamente, Silvério pegou umas poucas coisas e tomou o primeiro ônibus que partia de Taparica.

Os pensamentos de Silvério acompanhavam a velocidade do ônibus, que passava por caminhos áridos, agressivos, um casebre ali, outro perdido mais adiante. Tudo que via trazia à sua memória as confusões que deixara em Taparica. As histórias de Cintia se misturando à sua vida, tia Ruth dirigindo essa orquestração maluca e ele concordando com as propostas indecorosas do seu chefe. Fora o culpado de toda essa confusão, e agora queria jogar a culpa em cima dos outros. Não estava sendo correto. Fez muito bem ter dado o fora daquela casa. Suas esquisitices foram fruto da vida infeliz que levara ao lado da tia. Mas não percebera que tinha ficado tão insensível à sua própria figura, ao ridículo a que se expunha. Às vezes fazia de propósito, usava aqueles ternos pretos para parecer bem diferente das amizades da tia. As poucas falas eram sua defesa. Porém chegar a casar-se com Cintia, aceitar o papel de corno manso, não tinha cabimento. Sabia que o patrão queria casá-lo com a filha, mas que encontrara uma grande hostilidade e repulsa da moça. Ele entrou de gaiato, toparia qualquer coisa, queria era mudar de vida. Que vergonha. O castigo foi se apaixonar pela amante do patrão.

Os noivos só tiveram permissão para estar juntos no dia do casamento, e, mesmo assim, não poderia tocar na noiva. Uma farsa, dormiriam em quartos separados. Tia Ruth achou tudo muito natural, só pensava no dinheiro que receberia todos os meses, uma senhora mesada. Silvério pouco ligava para o dinheiro. Não sabia por que aceitara aquele acordo.

Via sua vida passar naquela aridez da paisagem. Fora tudo tão rápido. Sentia uma vergonha imensa por ter se metido em tamanha atrapalhada. Tudo isso para satisfazer os desejos de uma mulher caprichosa. Fora um covarde, um pau-mandado, não tinha desculpas para os absurdos a que se submetera. Poderia ter recusado, mas tia Ruth insistira de tal maneira, mostrando-lhe tantas vantagens, que ele cedera à tentação. Logo, logo, tia Ruth tomou a frente das negociações, fora diretamente entender-se com seu patrão, e voltara com um envelope recheado de dinheiro. Foi à luta, chamou as amigas para ajudar, queria que tudo saísse perfeito. As amigas pareciam umas abelhas vorazes. Logo o cercaram de toda atenção. Ele devia ser mesmo um maluco por ter concordado com toda aquela palhaçada. Repetia sem parar o mesmo pensamento. Mas, felizmente, chegou à conclusão de que, se tal loucura não tivesse acontecido, ainda estaria naquele escritório, naquela mesma vidinha. Foi necessário passar por toda essa metamorfose para conhecer o outro lado da vida.

O ônibus corria levantando uma poeira que entrava por suas narinas. Teria de fechar a janela. Não gostava nem de pensar no que tinha deixado para trás. Havia se apaixonado por Cintia. Será que o patrão pensava que ele não iria tocar num fio do seu cabelo? Naturalmente devia julgá-lo um eunuco. A verdade é que Cintia o seduzira; o levou para o quarto e, quando começou a se enrabichar para o seu lado, ele não aguentou. Era demais. Nunca pensou que seu sangue iria ferver daquela maneira, ele, que nunca havia tocado em uma mulher, sentiu aquele desejo de segurá-la nos braços e beijá-la sem parar. Cintia teve de tomar a liberdade de iniciá-lo nos pormenores do amor. Maravilhoso. Depois, no dia seguinte, era aquele fingimento. Só se encontravam quando todos da casa já estavam no segundo sono. Não suportava tanta hipocrisia. Quando a via pegar o carro para ir encontrar-se com Antonio, ficava desesperado. Um dia teve vontade de matar Antonio. Planejou tudo nos mínimos detalhes: entraria na chácara sem fazer barulho, iria direto ao quarto dos amantes e os trucidaria.

Por sorte não seguiu em frente com seu plano, acabaria na prisão com as listras na carne para o resto da vida. Fugir para bem longe de Taparica, ir morar em outra cidade e procurar um emprego de escriturário, coisa que sabia fazer muito bem, foi a melhor solução que encontrou.

Não queria nunca mais ver tia Ruth e suas amigas abelhudas. Mudaria de vida sim, teria forças para abandonar aquela figura ridícula.

As saudades de Cintia apertavam-lhe o peito. Em vez da paisagem do sertão, só via o seu corpo, que o chamava para a cama. Não podia continuar a viagem. Desceria na próxima parada e tomaria outra decisão.

Cintia

O vento balançava as cortinas do quarto de Cintia, era um vento quente, cheio de mormaço. O calor chegava cedo a Taparica.

Cintia não poderia imaginar a decepção que teria quando abrisse a porta do quarto de Silvério e não o encontrasse.

Acostumada a pular da cama bem cedo para não despertar a tia, encontrou a cama de Silvério ainda com os lençóis esticados. Ele não havia dormido naquela cama. Cintia, apavorada, pensando que o amigo tivesse fugido como havia prometido, caso ela não abandonasse Antonio, desesperada, começou a chamar por tia Ruth aos gritos, que logo se transformaram em pranto, soluços. Nunca pensou que gostasse tanto daquele idiota. Sabia agora que não poderia viver sem ele. Mas como contaria a Antonio o que estava acontecendo? Ele nem em sonho poderia imaginar que ela estivesse dormindo com Silvério. Sabiam do trato.

Tia Ruth, de camisola, saiu às pressas do quarto já imaginando o que teria acontecido. Bem que a velha desconfiava que aqueles dois andavam aprontando. Cintia, transtornada, em prantos, se jogou nos braços de tia Ruth e foi logo dizendo:

— Eu não posso viver sem Silvério, a senhora entende? Entende o que quero dizer? Nunca consegui sentir nos braços de Antonio o prazer, os delírios do amor que sinto com Silvério. É amor, tia Ruth, amor de verdade. E agora, o que faço? Antonio foi boníssimo comigo, teve paciência, carinho, afeto, tudo que a senhora possa imaginar, mas aquele desejo que conheci nos braços de Silvério, ele nunca poderá me dar. Tia, fui eu que iniciei Silvério nos chamegos do amor, tudo foi tão maravilhoso, e agora o que vou fazer?

Tia Ruth, sem saber que atitude tomar, correu para a cozinha e pegou um copo d'água com muito açúcar para Cintia se acalmar. A pobre da velha, consternada ao ver a menina sofrendo, mesmo sabendo que sem ela voltaria àquela vidinha bem simples nos subúrbios de Taparica e, ainda mais, sem o salário de Silvério, teve uma atitude decente pela primeira vez na vida. Foi até seu quarto, pegou o envelope em cima da cômoda com o dinheiro que Silvério lhe entregara na véspera e, abraçando Cintia, só soube dizer:

— Pega esse dinheiro e começa uma vida longe daqui. Eu me encarrego de explicar ao senhor Antonio toda essa tragédia, tenho certeza de que aquele homem tão bom vai acabar se conformando.

Cintia só teve tempo de tirar a camisola, jogar um vestido em cima do corpo e correr para a praça. Sabia que Silvério deveria ter tomado o primeiro ônibus que passara por ali, iria atrás dele. Pegou o primeiro ônibus que viu. Todos os ônibus seguiam pela mesma estrada, e todos atravessavam aquele deserto árido para chegarem ao mesmo destino: o maior garimpo do sertão, o garimpo dos desesperados. O ônibus chacoalhando, a lataria toda arrebentada, vinha tão cheio que, na primeira curva derrapou, bateu numa árvore e capotou. A pobre Cintia foi projetada, caiu em cima dos garimpeiros e desceu ladeira abaixo. Nem sabe como chegou viva. Muito machucada, conseguiu levantar-se e, com ajuda, subiu a ribanceira. Uma tragédia que podia ter terminado em morte. Coitada, tanto sonho para não ter dado em nada. Refeita do susto, caminhou se segurando no braço de um senhor, também muito machucado, mas assim mesmo, com muito sacrifício, conseguiu chegar em casa. Ao abrir a porta ainda encontrou tia Ruth de camisola, arriada na cadeira, em estado de choque. Ruth, espantada sem saber o que tinha acontecido, levantou-se imediatamente para ajudar Cintia e com muito cuidado levou a pobre infeliz para o quarto. Cintia não sabia se chorava por causa da dor dos machucados, das saudades de Silvério, ou do alívio em ter voltado para casa. Teria sido uma loucura fugir com Silvério. Graças ao bom Deus, Antonio não soube de nada e, para sorte de Cintia, não havia ninguém conhecido perto do local do acidente. Os arranhões de Cintia foram contados a Antonio de uma maneira dramática. Ela fora atropelada por uma bicicleta e nem teve tempo de ver quem estava no guidom. Antonio se desfez em gentilezas com a pobrezinha, que ainda estava muito traumatizada.

Silvério

Enquanto isso, Silvério nem podia imaginar o sofrimento de Cintia, a decepção que sentira em não o encontrar em casa. Isso nunca passaria pela sua cabeça, que ela iria sair correndo, desesperada, atrás dele, e que o destino, sabiamente, o senhor da verdade, os havia separado.

O pobre sofria desesperadamente sem saber que atitude tomar. Uma angústia lhe apertava o peito, e, por fim, decidiu que não voltaria para Taparica. Não tinha o direito de destruir a vida de Cintia. Ela havia encontrado um homem bom, que a amava, e ele era um ninguém, essa era a verdade. Cintia saberia cuidar de sua tia.

Decidido, levantou-se e perguntou quando passaria o próximo ônibus. Encontrou três moços simpáticos que chegavam carregados de sacolas, vinham alegres, iriam pegar o próximo ônibus que os levaria ao garimpo das Almas. Sabiam que por lá tinha muito trabalho, e que estavam à procura de braços fortes para o garimpo. Muita gente estava voltando rica do garimpo. Entusiasmados, convenceram Silvério a partir com eles. Essa decisão foi a salvação do pobre homem, que, perdido, não sabia o que fazer da vida e que rumo tomar.

Quem sabe um dia também não voltaria rico do garimpo das Almas?

Aquele ônibus o levaria o mais rápido possível para bem longe do seu amor. Seu ar tão triste chamou a atenção de um grupo de rapazes que cantava, cheios de energia e de esperança, tudo que faltava em Silvério. Um deles, vestido com uma camiseta, bronzeado, esbanjando saúde, aproximou-se e teve coragem de puxar uma conversa:

— Ô rapaz, chega pra lá. Afinal, o que vai fazer no garimpo das Almas (cada garimpo tinha um nome dado pelos próprios garimpeiros)? Não vejo em você nada que me diga que está à procura de um emprego no garimpo. Suas mãos não são mãos de trabalhador, você é franzino, não pense que vai aguentar aquele sol do sertão, que só falta cozinhar os nossos miolos. Você vai morrer se se meter em tal jornada. Afinal, por que quer ir?

Silvério, cabisbaixo, acabou confessando seu amor perdido e a necessidade de afastar-se de Taparica. Quem sabe encontraria um emprego de contador.

— Boa ideia, amigo, tem cara de honesto, junte-se a nós. Estamos precisando de alguém que tome conta dos nossos ganhos e que saiba escrever, coisa que não sabemos. Vamos ficar ricos, tenho certeza.

Silvério, entusiasmado, pela primeira vez encontrara amigos de verdade.

Ricardo

I

As águas rolavam, desciam com uma força irresistível, iam levando tudo que encontravam pela frente. Encachoeiradas, passavam batendo, sovando as pedras, deixando pelo caminho pequenos charcos, e continuavam incansáveis, indiferentes, cortando a paisagem luxuriante entre as montanhas, para depois se jogarem no mar. A terra em torno, coberta por um pasto viçoso, invadida pelo gado da vizinhança, dava um ar bucólico à natureza.

Essa era a paisagem que Olivia e Euclides admiravam. Por um momento, esqueceram-se dos problemas que os trouxeram a Sana.

Conheceram Sana por intermédio de Lurdinha, que herdara dos pais uma fazenda. Lurdinha alugou a fazenda para um casal de italianos, mas manteve a casa do caseiro para passar suas férias. Sempre contava as delícias de ter uma casa perdida na natureza, cercada de água, com montanhas arredondadas cobertas de pasto.

Resolveram alugar a casa sem mesmo a conhecer. Seguiram à risca as instruções de como chegar a Sana e, bem rápido, sem muito esforço, acharam a casa, que ficava um pouco fora da estrada. Era uma casa jeitosa, e lá encontraram de tudo, dos lençóis às panelas, só faltava comida. Olivia havia trazido um carregamento de mantimentos e uma pequena farmácia, o necessário para sobreviverem por uma curta temporada. Embalaram numa caixa com todo o cuidado os CDs preferidos, livros, um laptop, e muito papel, que dava para escrever um romance. O plano era esquecer da vida. Depois, resolveriam que rumo tomar.

Sabiam por Lurdinha que Sana era um lugar perdido, frequentado por uns hippies doidões que costumavam procurar um alucinógeno extraído do cogumelo que brotava embaixo da bosta do gado.

Tinham quase certeza de que não seriam perturbados. Ninguém se lembraria de procurá-los em Sana. Estavam salvos.

Ao lado da casa, uma árvore gigantesca tomava conta da paisagem, abrigando uma quantidade imensa de pássaros. Um pequeno riacho corria atrás da casa, e, logo em seguida à chegada do casal, dois simpáticos cachorros da fazenda vieram fazer-lhes companhia — dois vira-latas inteligentes que se divertiam correndo, subindo e descendo a pequena colina que ficava bem em frente à casa. Depois de tanta correria, exaustos, esperavam na varanda que Olivia lhes trouxesse água fresca. Euclides, ainda muito deprimido, não sentia vontade de fazer nada, nem o nada que a pequena vila podia oferecer-lhe. Depois que colocara a rede na varanda, vivia estendido com as pernas para fora, pensando na vida. No fundo, só queria que Olivia o deixasse em paz. Assim, poderia tirar seus cochilos sem ser interrompido.

    Olivia, a princípio, divertiu-se com a arrumação da casa. A cozinha, estrategicamente dentro da sala, não a deixava isolada do movimento. Os CDs tocavam o que mais gostava, a beleza da natureza entrava pelas janelas. Estava feliz, afinal, os problemas eram do marido, que não soubera resolvê-los. Bem que gostou de dar o fora da cidade. Já não aguentava mais aquele trânsito irritante, levava horas para voltar do trabalho; exausta, só tinha vontade de se jogar na cama, mas as obrigações de dona de casa exigiam que preparasse a comida para o jantar. Quando Euclides apareceu naquele dia transtornado, contando que fora ameaçado de morte por um dos sócios da firma, não pestanejou, deu força para que ele largasse o emprego e juntos fossem para um lugar seguro.

    Os detalhes eram caóticos. Euclides, contador, descobrira o desfalque de um dos sócios, que, caso revelasse algum detalhe, o mataria da maneira mais sórdida. Apavorado com o que lia nos jornais, já se viu terminando sua vida na barriga de um jacaré. Apoiado por Olivia, pediu as contas, inventou uma doença dessas que são transmissíveis, que pegam até pelo ar, e foi com certa facilidade que aceitaram demiti-lo, com direito ao fundo de garantia. O tal sócio ladrão fez as contas de Euclides e, benevolente, ainda lhe deu um dinheirinho a mais.

    Agora o marido nem levantava da rede. A princípio pensou que seria por pouco tempo, que Euclides logo se restabeleceria e buscaria um emprego qualquer em Sana. Olivia estava completamente iludida. O pobre Euclides, do jeito que estava, era melhor ficar em casa bem protegido dos vendedores de papelotes, que prometiam mundos e fundos.

Para espairecer, Olivia foi dar uma volta com os cachorros que a seguiam para todos os lados e, quando os viu se jogando naquela água limpa do riacho, tirou o vestido e, de calcinha, se jogou também na água. Que maravilha, finalmente descobrira as delícias do riacho, mergulhava o corpo inteiro, jogava e balançava os cabelos, boiava, podia dar umas braçadas gostosas, só tinha de prestar atenção ao fundo, porque as pedrinhas machucavam os pés. Era preciso ter cuidado e pisar de leve na areia. Os cachorros se divertiam a valer. Ficou bastante tempo naquela boa vida. Não costumava passar uma viva alma por aquelas bandas, estava segura, ninguém a veria sair do riacho de calcinha, com os peitos balançando. Mas quando Olivia colocou o vestido e seguiu para casa, percebeu que um daqueles doidões a estava espiando.

— Então, moça, curtiu?

Olivia, espantada, parou. Com medo, só os cachorros ao seu lado, foi logo dizendo:

— Não se aproxime, os cachorros atacam, mordem se eu mandar.

— Qual é, moça? Eu conheço esses cachorros, são mansos, eu já ando por estas bandas há muito tempo. Quem não morde sou eu, só queria te dizer alô.

Olivia parou sem saber o que fazer, o dia ainda estava claro, seria mais uma bela noite estrelada, ela e os seus pensamentos. Olhou mais uma vez para o cara, um rapagão forte, musculoso, cabelos compridos, peito nu, jeans rasgado nos joelhos, barbado, olhos profundos, sonhadores, claros e penetrantes.

— Eu me chamo Olivia, e você? — Ela não sabia nem como começar a conversa com um cara que não conhecia. Podia ser um criminoso, um drogado, mas não teve medo, por incrível que pareça.

— Olá, sou Ricardo.

— Oi, Ricardo, outro dia conversaremos melhor, tenho de voltar para casa, meu marido não sabe que estou aqui, deve estar preocupado.

— Tchau, Olivia, você é muito bonita. Amanhã te espero.

E foi assim que Olivia ficou amiga de Ricardo. Chegando em casa, encontrou o marido ainda na rede, nem perguntou por onde andara. À noite, depois do jantar, sentou-se no batente da varanda e ficou admirando o céu estrelado, sonhando com o hippie. Que tentação, por que fora aparecer aquele homem tão charmoso? Estava tão bem, ela com a natureza, e agora aqueles braços, aqueles olhos profundos, sonhadores, não lhe saíam da cabeça. No dia seguinte, acordou contando as horas para ir ao riacho. Mais tarde, caminhando entre os arbustos, se aproximou de Ricardo. Sem vacilar, tirou o vestido e se jogou na água. Ricardo, já molhado, foi atrás e segurou-a pela cintura. Levantou-a e disse bem alto para a mata toda escutar: "Como você é linda." Carregando Olivia no colo, dirigiu-se para a margem. Deitou-se ao seu lado, acendeu o cachimbo e o passou para Olivia, que nem precisava de uma cachimbada para se sentir leve, já flutuava ao seu lado. Embevecida, o abraçou, beijou pedaço por pedaço do seu corpo até chegar à boca e, enlouquecida, desejou que tudo parasse ao seu redor. Aqueles braços fortes era o que mais desejava. Ricardo, arrebatado por tamanha paixão, olhou para Olivia e segurando em seus cabelos sussurrou em seu ouvido a coisa mais linda que jamais ouvira:

Prende-me... nesses teus braços
Em doces, longos abraços
Com paixão;
Ordena com gesto altivo...
Que te beije este cativo
Essa mão!

Mata-me sim... de ventura
Com mil beijos de ternura
Sem ter dó,
Que eu prometo, anjo querido
Não desprender um gemido,
*Nem um só**

---

* Última estrofe de "Cena Íntima", de Casimiro de Abreu.

Ela, que nunca tinha escutado algo semelhante na vida, levantou-se nua e começou a dançar. Olhou para Ricardo e, num momento de lucidez, foi se distanciando em direção à casa.

II

Enquanto isso, Euclides balançava-se na rede, indiferente a tanta beleza que o cercava. Ficara desapontado com a precipitação em ter abandonado o emprego, sem antes consultar um amigo de confiança. Mas as falcatruas que aconteciam nas repartições do governo eram tantas que ficou acovardado de tomar uma atitude mais contundente. Sabia que eram os mais fracos que acabavam pagando, e as ameaças do chefe o fizeram recuar covardemente. Sempre desconfiara de Ronaldo, cara trêfego, esquivando-se a dar opiniões, ficando sempre do lado dos mais fortes, mesmo que suas ideias não fossem as melhores. Mas roubar e falsificar comprovantes? Nunca poderia imaginar que fosse capaz de tamanha canalhice. Quando o balanço da rede diminuía, metia o pé na parede com força, e assim ia balançando também seus pensamentos. Dera anos de sua vida àquela empresa, alcançara uma boa situação na firma, que falta de sorte ter comentado o desfalque que acabara de descobrir com o próprio responsável. Devia ter ficado calado, ter pensado duas vezes antes de tomar aquela atitude quixotesca. Mas, também, Olivia fora culpada, não soubera aconselhá-lo, deveria ter ficado na firma e não denunciar Ronaldo. A verdade é que sabia que era covarde, fraco, e não teria peito para enfrentar aquele canalha. Cada balanço vinha com um pensamento mais negativo.

Ultimamente a mulher dera para desaparecer, ficava horas passeando com aqueles vira-latas pulguentos. Se ela fosse uma boa pessoa, tinha de ficar ao seu lado, sofrendo, vivenciando toda aquela crise. Sempre a achara meio pancada, e agora muito mais, depois que a desmiolada descobrira o paraíso. Paraíso de merda, isso sim. Ficava revoltado quando via Olivia esquecida do mundo, escutando passarinho cantar, estendida na relva olhando as nuvens, imaginando castelos, completamente ausente dos seus problemas. Sentia que Olivia estava se lixando para sua vida. Precisava ter coragem de levantar-se daquela rede e ir atrás da mulher.

Euclides só faltava arrancar os cabelos, desesperado com os pensamentos que o afundavam naquela rede. Mas não via solução. Precisava tomar rapidamente uma atitude, ter coragem de voltar ao Rio, ir à luta e denunciar Ronaldo. Arrasado, começou a enlouquecer e colocou toda a culpa em Olivia. Ficava remoendo as mesmas histórias: ela deveria ter-lhe dado bons conselhos e não ter insistido para que ele pedisse as contas, vendesse tudo e fosse embora do Rio. A miserável já tinha um plano traçado, até a porcaria desse lugar já conhecia, só falava em Sana e na casa de Lurdinha. Não suportava ver a mulher entrando em casa com buquês de flores, irradiando felicidade com aqueles pulguentos atrás dela. Não era mais só água que eles queriam, tinha de sustentá-los, via muito bem os pedaços de carne que saíam da panela. Olivia tratava melhor os cachorros do que o marido. Teria de levantar-se daquela rede, ir atrás dela para ver em que diabo estava se metendo.

Quando ele estava criando coragem, entrou Olivia nervosa, nua, os cabelos molhados, desgrenhados, segurando o vestido. Passou por ele sem dizer uma palavra e trancou-se no quarto.

Euclides, chocado com o que acabara de ver, voltou para a rede e chorou.

III

Ricardo ficou espantado com a atitude de Olivia. Por que fugira assim tão de repente? Coitada, deve ter pensado que ele era um daqueles hippies malucos, soltos em Sana: também de cabelo comprido, barba de Jesus Cristo, vestido daquela maneira, espantaria qualquer um.

Estudante na UFRJ, Ricardo estava em Casimiro de Abreu a pedido do seu professor de literatura, que escrevia nesse momento um trabalho sobre a vida do grande poeta. Precisava de fatos diferentes, alguma coisa nunca explorada, nunca publicada em outras biografias. Ricardo foi escolhido por ser um ótimo aluno, sagaz, capaz de derrubar barreiras para fazer qualquer pesquisa. A princípio teve quase certeza de que seria muito fácil resolver o pedido do professor, mas os dias foram se passando e não encontrou nada nos arquivos da cidade, que não tivesse sido já publicado. Foi ficando desanimado. Consultou os arquivos da prefeitura e os do museu, também sem sucesso. Tinha certeza de que, se Casimiro tivesse nascido na Inglaterra, seria conhecidíssimo, idolatrado, como os ingleses fazem com todos os seus poetas românticos. Antigamente, bastava um novo movimento na literatura para esquecerem e desprezarem os antigos mestres, tudo ficava fora de moda. Felizmente, os críticos mudaram, com as cabeças mais independentes, e o valor literário passou a predominar sobre qualquer opinião. Ricardo vivia com o livro de Casimiro (*As primaveras*) debaixo do braço, já adquirira a personalidade romântica do poeta, só o seu físico saudável e forte continuava bem diferente. Já cansado, desiludido e seguro de que nada mais encontraria, resolveu inventar uma história bem maluca sobre a vida de Casimiro.

O poeta morreu aos 21 anos de idade, tuberculoso, na fazenda de seu pai, Indaiaçu, hoje parte do município batizado com o seu nome. Afastado da mãe aos 14 anos, foi levado pelo pai para viver em Portugal e lá desenvolveu toda a sua veia poética.

Em São João, não teria mais muita coisa para descobrir, pois o poeta já chegara do Rio para morrer. Quem sabe se no seu leito de morte teria recebido a visita de uma mulher apaixonada pelas suas poesias? Bem que poderia ter acontecido — uma viuvinha linda, jovem, que ficara ao seu lado, cuidando dele até os seus últimos momentos. Casimiro, um eterno apaixonado, teria delirado de amor, de paixão e escrito seus últimos poemas de amor. Gostou da ideia, agora teria de amadurecer esses pensamentos, jogar tudo no computador e, depois, desenvolver, com muita delicadeza, essa amizade terna, romântica como Casimiro.

O tempo que recebera para fazer a pesquisa estava se esgotando. Era tudo ou nada. Resolveu, num gesto de leviandade, seguir essa ideia brilhante, que, para ele, seria sua salvação: "Um amor misterioso na vida de Casimiro."

Começou a imaginar a viuvinha colocando compressas na testa de Casimiro, lendo trechos de seus autores prediletos, sentada ao seu lado, segurando sua mão, dando-lhe ânimo, abrindo as janelas, deixando o ar matinal perfumado entrar no quarto. E, com a cabeça recostada na sua cama, só partiria tarde da noite, apavorada de no dia seguinte não encontrá-lo mais com vida. A viuvinha chegava sempre de manhã trazendo-lhe as mais lindas flores que encontrara no mercado, de cabelos soltos, rosto rosado, sempre de preto, o que a deixava ainda mais linda, contrastando com a sua pele muito alva. Seu nome? Elvira. Elvira seria o seu nome.

E para espairecer e ficar mais motivado a escrever essa história de amor, Ricardo decidiu passar uns dias em Sana, que ficava bem próximo a Casimiro. Foi aí que conheceu Olivia logo no primeiro dia em que saiu para passear. Aquela mulher linda, que se jogou no rio quase despida, brincando com os cachorros parecia uma deusa. Escondeu-se e ficou se deliciando com a alegria de sua musa. Que beleza de mulher, não acreditava no que estava vendo, aproximou-se e conseguiu ter um diálogo com essa divindade, ela se chamava Olivia. Ficou logo encantado, e só pensava no encontro que haviam marcado para o dia seguinte no mesmo local, e agora, depois de todos os beijos, carícias, ela desapareceu na sua frente, nua, dançando, e sumiu no meio daquele matagal. Tudo isso lhe parecia um sonho. Desesperado, não pensava em outra coisa. Coitado, de nada havia adiantado ter ido até Sana para descansar. Sentia-se estressado, sua musa desaparecera da face da terra. Seria Casimiro? Um sinal para não brincar com seus amores? Diria a verdade ao professor? Voltou para o trabalho, pegou suas coisas no hotel, fez sua mala e, desesperado, voltou para o Rio.

Olivia trancou-se no quarto e, por mais que o marido pedisse para abrir a porta, só conseguia chorar e pedir para voltar para casa. Arrependida, prometia que o ajudaria a defender-se do sócio ladrão. Euclides não conseguia entender o que tinha acontecido com a mulher para ter entrado em casa nua, correndo, segurando o vestido. Arrasado, teve um acesso de loucura, que fez com que Olivia abrisse a porta do quarto para socorrê-lo. Abraçaram-se, e, como por encanto, Euclides começou a recuperar seu estado normal. Sentaram-se à mesa como bons amigos que sempre foram e elaboraram um plano: voltariam no dia seguinte, e iriam procurar um bom advogado para defender Euclides. Com a papelada em ordem, provaria o grande desfalque que Ronaldo dera na firma. Fora um idiota ter fugido assim como um criminoso, um covarde, mas agora, bem assessorado, tudo iria se resolver.

Olivia, profundamente abalada com toda a situação, não conseguia esquecer Ricardo. Ajudaria Euclides no que fosse possível, e prometeu a si mesma que, caso Euclides saísse vencedor de toda essa situação, resolveria sua vida, não poderia continuar mais casada com ele. Euclides a entenderia. Iria em busca do seu amor.

Quando Olivia leu no jornal que iriam lançar um livro sobre a vida de Casimiro de Abreu, anotou o dia e o endereço da livraria. No dia certo, às sete horas, como estava no jornal, linda, perfumada, foi ao encontro de Ricardo.

O advogado Almir de Carvalho, especializado em causas trabalhistas, não teve dificuldade em provar a inocência de Euclides.

Olivia, feliz, sentiu-se livre para procurar seu amor. Havia feito um trato com Euclides, de que quando tudo estivesse resolvido, tratariam da separação. Não havia mais razão para continuar esse casamento falido, ela não gostava mais de Euclides. Depois de toda essa confusão na vida do marido, a relação do casal não resistiu. Só Euclides não queria aceitar a verdade. Vivia protelando o assunto da separação, enganando a mulher com suas crises nervosas. As amigas a aconselharam a não sair de casa, quem teria de ir embora seria Euclides, que tomasse cuidado, caso contrário seria abandono do lar e ela não teria direito a nada. A pobre Olivia já estava desesperada com essa situação, era chantagem em cima de chantagem. Euclides passara a ameaçá-la de morte, caso o abandonasse.

Olivia foi aconselhada a procurar o delegado Amorim, que trabalhava na 6ª DP. Contou-lhe os fatos, descreveu a personalidade do marido com detalhes, as crises nervosas, sua covardia em relação ao colega ladrão, sua fuga para Sana, chegou até a falar de Ricardo. O delegado não só escutava como anotava tudo em um caderno de folhas pautadas.

— A senhora está bem encrencada. Seu marido tomou conhecimento desse tal de Ricardo?

— Claro que não, senhor delegado, ele nem sonha que conheci esse rapaz em Sana. E, depois, foi tudo tão rápido. Quando percebi que estava ficando enlouquecida de amor, decidi voltar para o Rio e convenci Euclides a voltar e lutar pelos seus direitos; com a condição de que caso ele ganhasse na justiça, eu teria minha liberdade. E, agora, senhor delegado, ele não quer cumprir o trato. Parece um louco, me maltrata, faz cenas de ciúmes e agora essa de querer me matar, caso o abandone. Prometeu que vai me encontrar onde eu estiver e diz: "Vou te cortar em pedacinhos." Por favor, o senhor precisa me ajudar.

— Fique tranquila, moça, cão que ladra não morde. Mas vamos tratar de protegê-la.

Olivia saiu da delegacia mais descansada. Apesar da promessa do delegado, já tinha tomado uma atitude: Euclides poderia ter certeza de que ela iria lutar pela sua liberdade nem que tivesse que armar uma cilada, que o deixaria preso para o resto da vida. Faria qualquer coisa, estava ficando desesperada, começando a sentir náuseas do marido.

Olivia abriu o jornal e viu o lançamento do livro sobre a vida de Casimiro de Abreu na livraria da Travessa. Logo imaginou que encontraria Ricardo. Ela não sabia nada a respeito de sua vida a não ser que estava fazendo umas pesquisas para o seu professor sobre a vida do poeta Casimiro de Abreu. Será que entenderia por que fugira daquela maneira?

O degredado

I

Amigo, como prometi, te escrevo assim que tomei conhecimento que avistamos terra. Ao longe, na praia, vimos muitos homens que nos pareceram pacíficos. Quando a nossa embarcação encontrou um pouso seguro, lançamos âncora e ficamos à espreita dessa gente estranha. Logo, logo se aproximaram em canoas rasas até nossa embarcação. São fortes, pintados de vermelho, enfeitados com penas de papagaio. Trazem arcos e flechas, mas são calmos e risonhos. Como degredado, não me incumbiram até agora de nenhuma tarefa. Estou à espera, mas tenho receio, tenho quase certeza, de que dessa não sairei vivo. Sabes, somos nós, os degredados, que tomamos as iniciativas mais perigosas. Já não me importo, depois da traição da Mariquinha fiquei descrente e perdi o amor à vida. Seja o que Deus quiser.

Hoje o dia amanheceu chuvoso, mas a praia ao longe, cercada por uma vegetação luxuriante, me chama à vida. Nunca vi nada tão bonito. Pássaros passam em bandos fazendo malabarismos iguaizinhos aos nossos em Portugal. O capitão-mor, cercado pelos capitães que vieram das outras naus, se diverte com o grupo de homens pardos. São pacíficos, curiosos, nos olham sem medo, observam os colares do capitão-mor e quiseram trocá-los pelos seus badulaques de conchas que trazem pendurados no pescoço. Soube agora que terei de acompanhá-los na próxima expedição para descobrir o rio mais próximo, pois precisamos de água doce. Sinto-me hoje mais animado, conviver com os homens pardos será para mim uma salvação. Já não aguento mais os maus-tratos. E quando me recordo que fui alguém na minha terra, que conheci a fartura na mesa, servido por criados, tive roupas mais bonitas que as do capitão e, agora, me encontro nessa miséria, degredado, porque matei o amante de Mariquinha. Não me arrependo de nada. O mataria de novo, não por amor àquela rapariga desalmada, mas porque o desgraçado, fingindo-se de amigo, me traiu pelas costas, dentro de minha casa. Quem merecia estar aqui era a Mariquinha, servindo de meretriz para esses infames descobridores. Deixe, amigo, o destino abriu-me uma porta e não vou deixar passar essa oportunidade. Já me sinto aclimatado, a natureza é próspera, vou saber tirar proveito.

Como te falei, mandaram-me à costa, acompanhado pelos homens pardos. Imagine que andam nus, com as vergonhas à mostra, são ingênuos, naturais, me parecem homens sem maldades. Na praia vi dezenas deles carregando arcos e flechas, também pintados de preto e vermelho, na cabeça levam coroas de penas de várias cores. Amigo, vou tirar minhas roupas, vou pintar meu corpo, pegar uma coroa de penas e me mandar floresta adentro. Tenho certeza de que vou esquecer a Mariquinha. Fique tranquilo, isso farei mais tarde, depois de conhecer melhor os homens pardos, fujo daqui. Os papagaios são lindos, lá em Portugal não existem pássaros com uma plumagem de cores tão variadas. Fomos até a margem do rio, que fica bem próximo da praia. Vi palmeiras belíssimas, de folhas enormes, que dariam para cobrir uma casa. Aqui tudo tem força, os verdes na natureza são diferentes dos nossos verdes, são vibrantes, extravagantes. Os homens pardos, sempre ao meu lado, vão abrindo caminho. A cantoria dos pássaros parece vinda de flautas mágicas, e as flores nos galhos das árvores caem delicadas e harmoniosas, sensuais, parecem que foram colocadas ali por fadas madrinhas. Vê-se que são parasitas das mais variadas espécies. Tudo que me cerca é de uma beleza estonteante.

Já não me sinto mais um degredado.

Amigo, já não quero voltar a Portugal.

Ficarei definitivamente nessa terra abençoada por Deus.

II

Pouco a pouco vou conquistando a confiança do homem pardo. Risonho, vai mostrando a floresta, abrindo caminho, apontando para os pássaros e dizendo: coatiba, guarambi (um pássaro que beija as flores e fica parado no ar), guarambi tutoia, e continua rindo. Tento entender, faço um esforço enorme para seguir seus gestos e palavras. Agora já sei que água é *ig*. Tiro da algibeira meu caderninho e escrevo o que vou entendendo. A nossa comunicação é difícil, tudo com gestos. Quando vejo algo que me agrada, aponto, falo qualquer coisa, gesticulo, sorrio, e continuamos a caminhar mata adentro. Peço-lhe água, mostro a que levo no meu cantil e ele diz: *ig*, e continua rindo. Em seguida, me deparo com a mais bela lagoa que possas imaginar. O homem pardo caminha rápido e se joga nas águas, banhando-se com imenso prazer. Com um gesto me chama. Que delícia seria poder banhar-me, ver-me livre daquela sujeira acumulada. Tiro a roupa imunda que me cobre, jogo-me nu com as vergonhas à mostra, nu de corpo e alma. Sacudo os cabelos de um lado para o outro, já me sinto limpo, de alma lavada. Já ia esquecendo de contar que essa gente não cheira mal, são limpos, pelo visto gostam de tomar banho, se cobrem de penas, fazem adornos também com penas das mais variadas para a cabeça, e usam muitos colares de sementes de cores berrantes. Amigo, estou feliz em ver-me livre, longe daquela nau, mas, só de pensar que terei de voltar, sinto um peso enorme no coração. Às vezes nos acorrentavam, davam chibatadas por qualquer coisa errada que fizéssemos. E que miséria de comida, vinha cheia de larvas, um horror, comida que não daria para os meus porcos. Que ódio sinto da Mariquinha, causa de toda essa tragédia — que apodreça nos confins dos infernos com todos os amantes que quiser. Fui um louco em ter matado aquele pobre imbecil. A verdade é que terei de voltar de qualquer jeito para aquela nau, tenho de ganhar a confiança do capitão. Vou encontrar um companheiro que more perto de tua província para que te leve minhas notícias. Caso não tenha coragem de ficar no paraíso, te contarei minha história pessoalmente. Só espero que, chegando a Portugal, encontre minha liberdade.

Amigo, que tristeza ter de partir e sair dessa água limpa, transparente. A vontade é ficar boiando e lembrando a minha vida na terrinha. Vou te confessar um segredo, mas pela graça do bom Deus, pela misericórdia das almas penadas, pelo amor a tua mãe, não contes para ninguém: a verdade é que sinto uma falta imensa da Mariquinha. A rapariga era fogosa, sabia me agradar na cama e na mesa. Não devia ter matado aquele infeliz, agora sou um degredado, e de uma vez por todas a perdi, para o resto da vida. Tento, faço o possível para esquecê-la, mas o meu passado não me sai da cabeça.

Tenho de encontrar uma maneira de me comunicar com o homem pardo. O pobre me parece uma boa pessoa. Já decidi que vou chamá-lo de Joaquim. Já resolvi, seu nome será Joaquim. Repetirei várias vezes o nome Joaquim, e ele forçosamente guardará essa palavra. Vou tentar ensinar-lhe um pequeno vocabulário. Depois te conto se deu certo. Joaquim é esperto, atento a tudo, parece que tem oito sentidos, cheira as trilhas como se sentisse que por ali passou alguém, ou algum bicho.

— Joaquim, ô Joaquim. — Joaquim olha e vem se chegando, juntos saímos da lagoa. Vou repetindo seu nome: Joaquim. Com as mãos tento lhe dizer que tenho de voltar.

Infelizmente, com a beleza a gente se habitua, olho para toda essa maravilha como se já fizesse parte da minha vida, como se a conhecesse há muito tempo, mas com o sofrimento, com essa excrescência de vida que me espera, não há cristão que possa aceitar. Joaquim faz um sinal, murmura alguma coisa e segue outro caminho. Não adianta gritar, porque ele não para. Vou seguindo, acompanhando seus passos. Ele caminha rápido, vai olhando, cheirando, tocando no mato, parece que a trilha já lhe é conhecida. Andamos bem umas duas horas, já estou exausto, grito seu nome, mas nada adianta. Finalmente, parece que chegamos a algum lugar, outros homens pardos se aproximam, e vejo pela primeira vez uma mulher parda, nua, cabelos lisos, seios pequenos, o corpo é pintado de vermelho e preto, ela é linda. Amigo, estou acovardado, que mulher maravilhosa! Penso logo na Mariquinha, será que irei esquecer aquela rapariga? Vejo mulheres trabalhando, socando no pilão, cozinhando. Joaquim faz um sinal com a mão e me leva até uma choupana coberta de palha. O chão é duro, vejo crianças brincando, velhos sentados em bancos bem baixinhos. Amigo, já não quero mais ir embora. Tenho um dever com essa gente. Que vergonha saber que o meu maior problema é aquela mulher. Tenho de esquecê-la. Joaquim se preocupa em me oferecer comida. O cheiro é diferente de tudo que já comi na vida, só pode ser melhor do que a comida asquerosa da nau. Numa folha enorme, limpa, ele colocou um pedaço de peixe e uma farinha. Que delícia de comida, devoro tudo que o homem pardo me traz, peço mais peixe, que vem dessa vez com uma espécie de batata deliciosa. Estou deslumbrado com essa gente. Como são educados, mansos, estou seguro de que os nossos homens irão massacrá-los. Se pudesse fazer alguma coisa, os mandaria embora dali para bem longe. Coitados, serão dizimados, toda essa paz irá desaparecer. Não é justo que isso aconteça. Amigo, tenho obrigação de defender esse povo, tenho de fazer alguma coisa para salvá-lo. Eles precisam fugir o mais rápido possível. Que se escondam na floresta, onde possam se embrenhar e jamais os nossos homens irão encontrá-los. Como nós somos cheios de maldade em comparação com essa raça. Puros, estão envoltos em muito amor misturado com ingenuidade. Não mereço a amizade de Joaquim. Não poderei voltar à nau, decidi ser um desertor. Conhecendo as maldades daquela gente, dentro em breve esses pobres índios estarão contaminados com as doenças dos homens brancos, que não resistirão à beleza dessas meninas desabrochando. As pobrezinhas serão devoradas por esses homens do mar. Como irei explicar-lhes, não sei. Vou ficando triste, desanimado, cabisbaixo, por não saber o que fazer. Joaquim é sensível, sente a tristeza à minha volta. Pega-me pelo ombro, mostra o seu material de pesca, imagino que queira levar-me para pescar. Resisto, não tenho vontade. Preciso organizar meus pensamentos.

Definitivamente já resolvi, serei um desertor.

III

O degredado se exaspera, cai em depressão, não sabe que atitude tomar. Ao seu redor as meninas pintam seus corpos com tintas naturais e fazem maravilhas, criam quadros belíssimos, trabalham com argila. Sempre tem gente ao seu redor, os meninos tocam na sua barba, as mulheres admiram seus pelos no corpo, acham graça, algumas até o beliscam. Mas o degredado parece adivinhar o futuro negro daquela gente, sente tremores, chega a soluçar. Joaquim, infeliz por ver o homem branco padecendo, resolveu chamar o pajé.

Ele, que antes se deleitava com a beleza dos pássaros, das flores, agora as borboletas azuis passam por ele e o pobre homem nem as aprecia, está completamente perdido, absorvido nos seus problemas. O capitão, que procurava o caminho das Índias, atravessara uma linha imaginária mágica, vindo parar no começo do mundo. Aquilo ali só podia ser o começo do mundo, era o paraíso criado por Deus. Aqui não mora o pecado, não existe nada disso, o povo de Joaquim é do bem. São puros. Aqueles padres não veem a hora de cobrir as vergonhas dos homens pardos e colocar o maldito pecado na cabeça daquela gente. Só sabem punir, encontrar pecado e fazer medo aos homens com o fogo do inferno. Olhava para os amigos de Joaquim, tão felizes, estendidos nos galhos das árvores. Já haviam cumprido com as suas obrigações, caçado, pescado e trazido o alimento para as famílias. Agora era o lazer. Ali não havia medo do pecado.

Joaquim chegou com o pajé, que traz um manto de penas pendurado nas costas, parece um velho cheio de espiritualidade e energia. O degredado se levanta para saudá-lo, está muito emocionado com a presença daquele homem místico e misterioso. O pajé lhe segura as mãos, o abraça, e ele, como por encanto, consegue transmitir ao pajé toda a angústia que o persegue. Não precisou de palavras para se fazer entender. Imediatamente o pajé providenciou uma retirada, escapariam das maldades do homem branco que acabara de chegar. Não se entregariam tão facilmente. Encontrariam refúgio nas profundezas da floresta. Não conseguiriam roubar a felicidade e a liberdade do seu povo. O amigo de Joaquim foi chamado de Pássaro Branco.

Os preparativos começaram rápido para a fuga da tribo. Não tinham muita coisa para guardar: só os cestos, as redes e os utensílios domésticos. E até a horta, se fosse possível, seria transportada.

Gente feliz que sabia viver.

O Pássaro Branco tornou-se outro homem. De Mariquinha e da morte do seu amante não se lembrava mais. Estava completamente entrosado com a sua nova gente. Tornou-se um vidente, um vidente da humanidade. Outras tribos foram avisadas, e muitas conseguiram fugir para o interior da floresta. As outras que ficaram foram escravizadas, catequizadas, roubadas, e o pecado entrou em suas vidas. Durante décadas sucumbiram aos maus-tratos dos homens brancos.

Nunca mais se ouviu falar no degredado, pensaram que tinha se perdido para sempre na mata. O Pássaro Branco aprendeu a língua dos homens pardos e viveu feliz por muitos anos com duas mulheres, que lhe foram muito fiéis.

Castro, o descrente

Bastava eu olhar para meu marido que já sabia o que iria acontecer. Castro era daquelas pessoas transparentes, de bem com a vida. Nunca havia se exaltado, renegado ou questionado seu destino. Incrédulo, ia levando a vida da forma mais simples. Não gostava de fazer planos, jamais deixar para amanhã o que podia fazer hoje; resolvia tudo na hora, telefonava-me e dizia: "Arruma a mala (se era para a montanha, roupas de lã, para a praia, de verão) passo por aí dentro de duas horas, você vai adorar a surpresa." Eu ficava atônita com o seu temperamento, era tudo tão repentino, uma ordem dita de uma maneira tão suave, de uma forma tão curiosa, que aceitava de bom grado, sem ficar revoltada, muito pelo contrário, preparava-me correndo e pegava o estritamente necessário. Castro tinha horror de malas, era um saco e olhe lá. Sabia que iria me divertir, e, como não tínhamos filhos, não havia problema maior em partir de uma hora para outra, a não ser deixar o cachorro com a vizinha, que o adorava. De resto, era fechar a porta e pegar o elevador que ele já estaria na garagem à minha espera.

Castro nunca desejou ter filhos, o que foi uma das causas de nossa união. Era um descrente da humanidade e colocar filhos nesse mundo hipócrita, dizia ele, seria cooperar com essa população que deveria ser exterminada. Quando falava assim, não dava para acreditar que essas barbaridades viessem da boca desse homem tão pacífico. Como seria possível um homem tão dócil e tão carinhoso ser tão descrente da vida. Gostava de repetir que esse mundo surgira por um acaso, nada tinha princípios, e que tudo acabaria como havia se formado. Falava como se essa afirmação também fosse importante para ele. Gostava de fazer discursos descrentes sobre a humanidade, sem valores ou crenças, se julgava livre, um ser independente do jugo dos homens.

Nossa união foi muito simples. De nos conhecermos até morarmos juntos foi tudo muito rápido. Continuamos com nossas casas e nos encontrávamos quando tínhamos vontade. Nada de dias certos, tudo seria ao acaso, e, por incrível que pareça, nos dávamos tão bem que estávamos sempre juntos, ora na sua casa, ora na minha. Castro era biólogo, trabalhava em casa fazendo pesquisas, procurando cura para doenças contagiosas. Quando estava muito ocupado, separando as lâminas no laboratório, girando o microscópio, eu sabia que não queria falar, só aparecia para lhe levar um sanduíche, um refresco e saía de fininho. Quando partia para o Amazonas em busca das famosas ervas milagrosas, sempre se encontrava com um indígena, que o aguardava no aeroporto. De lá, partiam direto para o rio — o barco estava equipado com um laboratório moderníssimo. Seu Chico já tinha tudo preparado, as novas ervas que havia encontrado estavam prontas para serem analisadas.

Os laboratórios estrangeiros enviavam técnicos que chegavam com muito dinheiro para subornar os poucos indígenas que ainda guardavam os segredos da selva amazônica.

Castro trabalhava com seu Chico há muitos anos, e, pelo que deixava raramente escapar, já tinham colaborado em muitas descobertas importantes. E extremamente discreto, ele não contava vantagens.

Julia sabia que vivia com um sábio, que, embora descrente da humanidade, trabalhava para salvar vidas consertando os males que os próprios homens criavam, ao destruírem e exterminarem, a cada segundo, o planeta em que vivemos. Apesar de ser apaixonada por Castro, não dividia com ele suas ideias.

Um dia recebeu de Castro uma chamada urgente. Deveria pegar o primeiro avião para Manaus, e ao chegar ele estaria esperando por ela no aeroporto. Achou estranho, nunca a havia levado em viagens de trabalho, e agora esse telefonema sem pé nem cabeça. Percebeu a preocupação dele. Sempre quis subir o rio Amazonas. Estaria isso nos seus planos? Ao chegar, Castro estava à sua espera. Um calor úmido colava sua roupa ao corpo. Castro, lépido, parecia acostumado com o clima. Beijou-a como se nada estivesse acontecendo.

— Tenho uma surpresa, vamos subir o rio Amazonas.

Por um momento esqueci completamente suas pesquisas, seu trabalho e, só quando estávamos pegando a gaiola que

Castro havia alugado, lembrei-me de perguntar pelo seu colaborador.

— E seu Chico, como vai? Trabalharam muito?

— Seu Chico? Esqueci de lhe falar, vendeu-se para um laboratório holandês, levando todas as nossas últimas pesquisas. Coisas da vida.

Fiquei chocada como Castro reagira com a mais absoluta frieza ao que todo o resto do mundo teria considerado uma grande traição.

Renato Corso

Esperava ansiosa pela chegada daquele homem sinistro, de roupa surrada, uma guimba melada que lhe caía do lado da boca, olhar perdido, sonhador, caminhava com passos largos e, eu, sem saber para onde ele se dirigia. Assim, durante muito tempo, acordava e ficava na espreita, ao lado da janela, esperando ele passar. A sua figura enigmática já era para mim uma fixação doentia. Imaginava seus pensamentos vagos, solitários, um amor não correspondido. Para onde se dirigia aquele homem? Um dia, criei coragem e o esperei já pronta. Quando o vi passar de mansinho, o segui. Discretamente, tomei o mesmo bonde, sem perdê-lo de vista, quando saltou fui atrás e, para minha surpresa, ele entrou pela porta do *Correio da Manhã*. Então, o meu amigo sinistro trabalhava no jornal. Seria um jornalista? Um repórter da noite, dos sucedidos trágicos, dos suicidas? Consegui entrar no saguão e perguntei ao porteiro quem era aquele senhor que acabara de entrar vestido de paletó azul. Eu poderia descrevê-lo da cabeça aos pés. Respondeu-me que se tratava do sr. Renato Corso, o grande jornalista e escritor. Repeti várias vezes o seu nome, Renato Corso.

– Sim senhora! Leia todos os dias a segunda página do jornal que encontrará um artigo seu. Ele é muito famoso. Tem essa cara deslambida, mas é inteligente pra caramba! — disse o porteiro.

O porteiro era engraçado, um fã incondicional do grande Renato Corso, e eu, já apaixonada por aquele homem sonhador, deslambido, como dizia o porteiro, que andava com a mesma roupa todos os dias. Nunca o vira passar com um terno diferente. Se o senhor Corso não aparecesse, o terno viria em seu lugar, já andava sozinho.

Voltei, peguei o bonde e de tão distraída quase ia passando da minha parada. Teria de imaginar uma maneira de me aproximar do meu suposto amigo. Como fora me apaixonar assim, sem nem saber de quem se tratava, do que gostava, se era meigo, mau, carinhoso. Só sentia os seus olhos tristes, apaixonados. Não podia compartilhar uma história tão absurda com ninguém.

Por que vestia aquele mesmo paletó tão surrado? Quando me dei conta, já estava lendo e devorando seus livros, seus artigos, suas críticas pesadas contra o governo. Tornei-me uma fã obcecada e seguidora de suas ideias. Fui até o jornal para perguntar se precisavam de estagiários. Não obtive uma resposta de imediato, mas também não disseram não. Passado um mês, recebi um telefonema da redação marcando uma entrevista. Fui chamada, gostaram do que eu havia escrito. Foi demais!

Alegria, medo, aflição, tudo eu sentia. Apresentei-me na redação no dia combinado e justamente me colocaram no departamento do jornalista Renato Corso, ficaria à sua disposição. Quando entrei em sua sala, olhou-me com o cigarro pendurado no canto da boca e perguntou-me logo o que eu sabia fazer de melhor. Nem sei o que respondi. Tive vontade de lhe dizer: Amar o jornalista Renato Corso!

Mário

Mário sabia melhor do que ninguém que Marta não gostava que ficasse ali sentado esperando por ela. Aquele sorriso enigmático, cabelos soltos e o beijo molhado cheirando a pastilha de menta. Como era bom. Depois, juntos, de mãos dadas, voltariam para casa trocando carícias pelo caminho. Queria saber com detalhes o que tinha acontecido no trabalho — principalmente, se alguém tinha dado em cima dela. Mário era muito ciumento, não podia fazer nada para controlar suas atitudes possessivas, destruidoras do seu amor. Marta, muito dengosa e faceira, dizia que não tinha de lhe falar dessas coisas.

— Que ideia! Pare de fazer essas perguntas desagradáveis.

Fazia-se de zangada, dava-lhe um beijo e mudava de assunto.

Tinha por hábito levá-la ao trabalho. Ficava olhando Marta desaparecer até pegar o elevador. Começava aí o seu tormento. Sentiu uma pontada no coração no dia em que conheceu o chefe da mulher. Nunca pensou que o cara fosse tão bonito e elegante. Como Marta poderia gostar dele, Mário, trabalhando com aquela gente tão capacitada? Ele, um simples vendedor de sapatos. Depois desse encontro, não conseguia fazer mais nada com tranquilidade. Quando chegavam os fregueses, nunca trazia o número certo do sapato. Inventava uma desculpa, dizia que a fábrica não estava mais enviando os modelos, que tinham mudado de linha e por aí enveredava.

Foi definhando, não tinha mais apetite, nem de uma forma ou de outra. Quando ela chegava com aquele sorriso aberto, ele mal respondia. Seguiam calados, ele não perguntava mais nada, e por que perguntar, se as respostas seriam sempre falsas, mentirosas? A verdade era que a sua mulher enganava-o com o chefe, e ele estava sendo ridicularizado, levado no deboche pelos amigos. Ele teria de terminar de uma vez por todas com essa palhaçada. Sem tomar uma atitude, foi ficando deprimido, já não conseguia ter um sono regular e só dormia tomando remédios comprados sem receita na farmácia.

Pobre Marta. Preocupava-se com a saúde do marido, acabou marcando uma consulta com o médico amigo da família. Depois de muitos exames e perguntas, o clínico, não vendo nada de extraordinário com Mário, aconselhou que procurasse um bom psicólogo. Foi encaminhado ao dr. Araújo, que trabalhava com o seguro-saúde de Mário. Na sala de espera muito iluminada, com revistas velhas em cima da mesa, enquanto aguardava ser chamado, ficava imaginando o que iria contar—sentia um prazer doentio em falar da vida de Marta. Cada vez inventava histórias mais escabrosas envolvendo a mulher. Passava a sessão inteira falando mal de sua vida: Marta já seria amante do chefe há muito tempo, gostava de contar-lhe com detalhes suas orgias com os colegas e, assim, em cada sessão inventava histórias até não poder mais. O psicólogo logo constatou que se tratava de um psicopata, que precisava de um tratamento seríssimo. Chamou Marta, tiveram uma conversa muito séria e esclarecedora. Dali foram direto a um psiquiatra.

Marta, transtornada, viu sua vida virar de pernas para o ar. Achava-se uma boa mulher, gostava do marido, era honesta, e não compreendia como fora possível Mário fazer um juízo desses a seu respeito. Quando chegava em casa, encontrava o marido já de pijama, sentado, esperando por ela. Não podia se atrasar cinco minutos que entrava em pânico, achando que a tinham sequestrado. Nem falava mais de ciúmes, os homens de Marta tinham sumido de sua vida. Agora era Marta mãe, Marta protetora. A pobre mulher foi ficando tão desesperada que resolveu recorrer à sogra. Dona Emilia morava na Paraíba, era viúva e mãe de um único filho. Em três dias teve tempo de fechar a casa, deixando as chaves com uma vizinha. Preparou as malas e foi se aboletar na casa do filho, só faltando levar o periquito e o cachorro, que ficaram na casa do seu irmão. Quando Marta se deparou com a figura da sogra na rodoviária, quase teve uma síncope.

— Então, essa era a mãe de Mário! Que figura mais sinistra. Onde estava a minha cabeça quando chamei essa criatura?

Seguiram para o apartamento, que ficava em Copacabana, sem que dissessem uma só palavra. Dona Emilia já estava ciente do problema do filho; apenas não contou para Marta que seu filho, antes de casar, já sofria de alucinações. O encontro foi dramático.

— Meu filhinho, o que fizeram com você? Coitadinho, graças ao bom Deus sua mãezinha veio lhe socorrer.

Marta, estupefata com aquele teatro ridículo, já não sabia mais o que fazer. Agora eram dois loucos na sua presença. Sem dizer nada, dirigiu-se ao quarto, pegou duas valises, jogou alguma roupa dentro e sumiu daquele apartamento. Definitivamente, não poderia mais conviver com o marido e, ainda mais, com aquela mulher, que ela mesma, Marta, havia chamado. Sem dúvida, enlouqueceria. Mudaria de cidade, de nome, faria qualquer coisa para desaparecer.

Conseguiu sua transferência e foi trabalhar na Tijuca, a léguas de Copacabana — em uma locadora de imóveis importante que tinha escritórios em vários bairros no Rio de Janeiro. Deixou uma ordem importantíssima: que não dessem para ninguém o seu endereço.

E foi assim que Mário ficou anos sem saber de Marta.

Mário, restrito à convivência com a mãe, de quem tinha verdadeiro horror, ficou logo bom com o choque. Que ideia que Marta teve de chamar sua mãe. Tratou de despachá-la de volta à Paraíba depois de ter padecido em suas mãos vários meses.

Não foi fácil voltar a trabalhar. Não gostava de sua profissão de vendedor de sapatos, foi uma luta conseguir outro emprego. Acabou indo trabalhar numa agência de turismo. A chefe, vendo futuro no novo funcionário, o aconselhou a fazer vários cursos de aperfeiçoamento e assistir a aulas de História da Arte. Foi graças ao novo emprego que conseguiu melhorar de vida e de situação social. Finalmente, acabou esquecendo a mulher.

Um dia, passando em frente ao balcão da entrada, reconheceu Marta, pedindo informações sobre o que teriam de excursões para a Semana Santa. Pediu à colega que a encaminhasse à sua sala. Esperou-a sentado com vários prospectos de promoções e outras ideias para mostrar-lhe. Incrível, ela entrou, sentou, trocou ideias, aceitou sugestões e não o reconheceu. Mário resolveu seguir firme e não se deu por vencido, levou o teatro até o final. Apenas perguntou-lhe se iria sozinha ou acompanhada, ao que Marta respondeu, sem deixar pistas, que era para um grupo do seu trabalho. Tomou notas, levou vários prospectos, agradeceu muito e foi embora.

Mário ficou sem fala, não havia sido reconhecido e, além disso, esquecera de pedir seu endereço. Poderia perfeitamente ter anotado no cadastro da companhia e, assim, sempre lhe enviaria promoções, sem que ela percebesse sua curiosidade. Que imbecil. Levantou correndo e foi atrás dela, mas já era tarde. Marta tinha sumido no meio da multidão.

Marta saiu da sala de Mário trocando as pernas. Foi embora correndo, nervosíssima, pegou o primeiro táxi que passou e, quando se viu longe da agência de turismo, bem longe, respirou aliviada.

— Que sorte, que sorte ele não ter me reconhecido!

SOBRE A AUTORA

Maria Christina Lins do Rego Veras é uma escritora alagoana, membro do PEN Clube do Brasil. Seus livros, *Carta para Alice: memórias de uma menina* e *Jacarandás em flor*, foram editados pela José Olympio. Tem contos publicados também nos livros *Testemunho em prosa e verso* III, IV e V e *Antologia em verso e prosa 8* da Oficina Literária Ivan Proença.

Iniciou sua carreira literária em 2003, quando decidiu escrever as lembranças da infância na praia Formosa, não apenas para resgatá-las, mas também para mostrar o Brasil do início do século XX a outras crianças, como Alice, sua neta, então com 8 anos de idade.

Casada com o diplomata Carlos dos Santos Veras, morou em diversos países. Sua primeira produção artística aconteceu no campo das artes plásticas. Pintava modelos vivos e, posteriormente, a partir de sua estada em Bucareste, começou a pintar ícones populares em vidro e buquês ciganos.

Mas confidencia, só tomou coragem de publicar seus textos depois de frequentar a Oficina Literária do professor Ivan Cavalcanti Proença, que a incentivou a se tornar escritora.

Este livro foi impresso nas oficinas da
DISTRIBUIDORA RECORD DE SERVIÇOS DE IMPRENSA S.A.
Rua Argentina, 171 — São Cristóvão — Rio de Janeiro, RJ
para a
EDITORA JOSÉ OLYMPIO LTDA.
em dezembro de 2012
*
81º aniversário desta Casa de livros, fundada em 29.11.1931